レオ

ハルト

3

レベル1の最強賢者

～呪いで最下級魔法しか使えないけど、
神の勘違いで無限の魔力を手に入れ最強に～

LEVEL 1 NO SAIKYO KENJYA

レベル1の最強賢者 3

～呪いで最下級魔法しか使えないけど、
神の勘違いで無限の魔力を手に入れ最強に～

木塚麻弥

BRAVENOVEL
ブレイブ文庫

00

獣人の王国の異変

LEVEL 1 NO SAIKYO KENJYA

「おい、聞いたか？　陛下が倒れたって」

獣人たちの王国ベスティエの王都にある酒場で、熊の獣人が狼の獣人に話しかける。

「ええ。先日の魔人との戦闘で負った傷が原因とのこと」

狼の獣人は王城の門番をしていて、少し詳しい事情を知っていた。

「かなりまずい状態のようです。たとえ命を取り留めることができても、陛下はもう戦うことはできないでしょう」

ベスティエの獣人たちを縛る最上位の掟。それは――

『強者こそ正義』

強き者が王となり、国の進むべき道を示す。

戦えなくなった王は、獣人たちを導く存在であり続けることなどできないのだ。


今からおよそ一週間前、この国をひとりの魔人が襲撃した。軍事訓練中だった国軍中隊のど真ん中に突然出現した魔人は、瞬く間にその中隊を壊滅させたのだ。国軍中隊には他国にまでその名を轟かせる『獣王兵団』という精鋭部隊も所属していたが、その部隊ですら魔人の足止めをすることしかできなかった。

そんな魔人を、獣人王が捨て身の戦闘で撃退した。魔人を退けることはできたものの、獣人王は利き手を失った。さらに魔人は置き土産として、獣人王に強力な呪いをかけたのだ。

戦闘直後は自力で歩くこともできた獣人王だったが、次第に魔人の呪いが全身に広がっていき、今では立ち上がることもできない状態になっている。

「ということは……」

「はい。武神武闘会が開催されます。そろそろ公式に発表があるはずです」

武神武闘会――それはこの国の強者が一堂に会し、『最強』を決する大会。

大会の勝者は武神の加護を得て、この国の王となる。

獣人王がなんらかの事情でその威を保てなくなった時、武神武闘会が開かれ、直ちに次の王が選出される。獣人王は、国で一番の強者でなくてはならないからだ。

だが、弱い者や戦えなくなった者がこの国で虐げられるようなことはない。

「陛下には、ゆっくり休んでもらいたいものです」

「あぁ。この国のために尽力してくださった御方だからな。もし俺が次の王になったら、陛下の治癒にも力を入れる」

強者は民の憧れで、尊敬すべき存在。

一方、強者から見た弱者は庇護対象であり、守るべき存在となる。

「やはり、貴方も出るのですね」

「当然だ。そう言うお前だって、闘気が高まってるじゃないか。出場するつもりなのだろ？」

「久しぶりの武神武闘会です。出ないわけがないでしょう」

獣人は強い者に惹かれる種族。武神武闘会で優勝すれば国王になれるが、大会の本戦に出るだけでも十分な効果がある。周囲に実力を認めさせることができ、さらに異性へのアピールにもなるのだ。だから腕に自信のある獣人は、男女関係なく大会に出る。

「そういえば、あの御方は戻ってこられるのだろうか？」

「王女殿下のことですか？」

「あぁ、そうだ。陛下と喧嘩してこの国を出ていってしまったとは言え、実の父親が呪いで床に伏せているのだから、さすがに戻ってくるだろ。そしたらきっと、武闘会にも出る」

「そうですね。殿下は自身の力を認めてほしがっていましたから……」


この国にはかつて『武神』と呼ばれた王がいた。武神は手刀でオリハルコンの剣を折り、その超高速の拳は周囲の空気を巻き込み飛拳となって離れた敵をも粉砕したという。その王は死後、この世界の最高神にもその力を認められ、武を司る神として神格化した。真の武神となったのだ。

また、武神となった王は生まれた際、手に小さな結晶を握り締めていた。その逸話がこの国で広まり、赤子が生まれると手の中を確認するというのが風習となった。

そして現在の獣人王のもとに子が誕生した時、ベスティエの国民は歓喜に沸いた。その王女は、燃えるように赤い小さな結晶を手に握り締めて生まれてきたのだ。真の強き獣人が、再び王になる日が近い。国中の獣人がそう思い、王女の成長を見守ってきた。

しかし王女が三歳になった時に行った適性職検査の結果に、国民は絶望することとなる。

王女は物理職への適性を持たなかった。

魔法を扱う職への適性が出たのだ。

ベスティエにいる獣人は、そのほとんどが物理職だ。そもそも獣人は物理職への適性が出やすい。魔法系の職に適性が出る獣人もいるのだが、物理職への適性が出た獣人と戦うと、同じレベルだったとしてもまず勝つことができない。圧倒的スピードで攻撃を繰り出してくる物理職の獣人に対して、魔法職の獣人は魔法を発動する前に倒されてしまうからだ。

また獣人は、力と力のぶつかり合いを好む。そうした背景があり、獣人王を決める武神武闘会では魔法の使用が認められていない。

国民の失意とは裏腹に王女はたくましく成長し、同年代の獣人では誰も彼女に敵わないほど強くなった。やはり武神と同じく、天賦の才があったのだ。しかし、ある程度身体が成長してくると、同レベル帯の物理職の獣人に勝てなくなった。魔法系のスキルを得て魔法攻撃力などのステータスが伸び、一方で物理系のステータスは伸びにくくなったからだ。

だが、王女は諦めなかった。彼女は苦心の末、高速で魔法を発動する術、そして魔法を組み込んだ武技を修得した。再び、王女に勝てる者はいなくなった。

そこまでは良かったのだが、彼女の父である獣人王がこれを許さなかった。王女に、戦闘での魔法使用を禁止したのだ。獣人であれば『武神の定めた掟』に従い、自身の武力のみで戦えと。これに対し王女は——

「魔法だってウチの力にゃ！　自分の力で戦って、何が悪いにゃ!?」

王にそう言い放ち、自分の力を認めてくれないこの国を飛び出していった。

「魔法でもなんでも有りというルールになったら、陛下がいない武神武闘会で優勝するのは王女殿下でしょうね」

「間違いない。俺は十歳も年下の殿下に、一回も勝つことができなかったからな。まぁ、魔法不使用って条件の戦闘なら、負けることはなかったが……」

かつて王女の戦闘訓練役をやっていた熊の獣人が、彼女のことを懐かしむようにその名を口にする。

「元気かな、メルディ様」

01

期末試験と学園祭

ハルトたちが通うイフルス魔法学園では、一月十日に入学式と始業式が行われる。四月末には中間試験があり、それが終わった五月一日から十日までが中期休暇だ。十月十五日と十六日が期末試験で、十八日から三日間学園祭が開催される。学園祭最終日の夕方から卒後式と終業式が行われ、そこから翌年の一月九日までが期末休暇になる。

ハルトとティナ、それからリファの結婚式が行われてからおよそ二ヵ月が経過した。今日は十月十五日——そう、期末試験の初日だ。一日目が筆記試験で、二日目はこの学園の教師と魔法を使った戦闘をする実技試験となっている。進級するには、筆記と実技で一定以上の成績を収める必要がある。期末試験をクリアできなければ学園祭に参加できず、さらに期末休暇中に補講と再試験を受けなければならない。再試験でも基準をクリアできなければ、強制退学となってしまう。この学園に留年という制度はないのだ。

筆記試験の問題は全学年共通で、非常に問題数が多い。低学年では習わないような魔法に関する問題も出されるが、習ったことをしっかりと回答できれば合格できるという試験だ。そして試験終了後すぐに採点が行われ、生徒たちに結果が伝えられる。

あらゆる魔法に精通した世界最強の魔法剣士であるティナと、この学園の長であるルアーノが教鞭をとるハルトたちのクラスに、筆記試験で苦戦する者などいるはずがなかった。それどころかルナにいたっては満点を取り、最優秀生徒として学園長に表彰された。一年生が満点を取ったことなど未だかつて無く、イフルス魔法学園始まって以来の快挙であった。

　邪神に呪いをかけられてレベル1で賢者となったハルトや、災厄クラスの魔族としておそれられる九尾狐のヨウコ、賢者ルアーノの孫で本人も賢者見習いのルーク、アルヘイム《エルフの王国》の王女リファ、星霊王の娘であるマイとメイ、獣人族としては珍しく魔法系の能力に秀でているメルディ、希少な竜人族であるリューシンとリュカ。そういった一癖も二癖もあるクラスメイトたちの中でルナは、いたって平凡なステータスを持つ人族の女の子だった。その人並外れた記憶力と読解力、そして常に新しいことを学ぼうとする勤勉さを除けば。

　ちなみにハルトは一問だけ問題を解くことができなかった。同じく一問解答できなかった生徒会長のレイン＝アーガスと同点で、そのふたりが同率で二位。ハルトもレインも、古代ルーン語で書かれた問題文を読んで、指定された魔法陣を描くという問題を解答することができなかったのだ。何を聞かれているのか理解することすら困難なその問題はティナが作ったもので、正解できたのは学園でただひとり、ルナだけだった。

「まさか、あの問題を解けるヒトがいるとは思いませんでした」

　出題したティナも驚いていた。世界最高峰の学び舎と言われるここ、イフルス魔法学園の試験で満点を取ってしまうと、己の知識を過信して調子に乗る者が出るかもしれない。この世には自身が知らない魔法も存在する——つまり、自分がまだ無知であることを知るのは非常に重要なことだとティナは考えていた。だから彼女はあえて、誰にも解けるはずがない問題をつくったのだ。

「実は以前読んだ本に、あの問題の答えとなる魔法陣が描かれていたのです。試験の問題文の意味は理解できましたが、その本を読んでいなければ魔法陣は描けませんでした」

「そ、それって、もしかして――」

「はい。その本の著者は、ティナ＝ハリベル様でした」

ハリベルというのは、結婚前のティナのファミリーネームだ。現在ティナはハルトと結婚し、ティナ＝エルノールという名になっている。

「あれを読んだのですか……。あの本はかなり前に、紛失してしまったものなのです」

ティナはかつて、異世界からやってきた勇者とともに魔王を倒すための旅をした。その勇者は、この世界ではまだ理解されていない異世界の知識を使って、新たな魔法をいくつも生み出した。それをティナが、一冊の魔導書にまとめたのだ。その魔導書の中にはティナが勇者の魔法を見て閃き、彼女が開発した魔法もある。今回の期末試験でルナのみが正解できた問題とは、ティナが開発した魔法に関するものだった。

「紛失した本だったのですね……。あれは、私がいた孤児院に置いてありました」

ルナは六歳の時、魔物の襲撃によって両親を亡くしている。彼女を引き取れる親族がいなかったためルナは孤児院に入れられ、そこでティナが書いた魔導書と出会ったようだ。

「すごく複雑な文字で書かれていましたから、たぶん誰も読めずに流出し、巡りめぐって孤児院に寄付されたのだと思います。私が孤児院から頂いて、今は私の寮に置いてあります。必要でしたら、ティナ先生にお返ししますね」

魔導書を誰かに奪われたり紛失してしまったりした時、勇者や自身が生み出した強力な魔法を誰かに使われることがないよう、ティナは魔導書をいくつもの難解な言語を組み合わせた暗号のような文字で執筆していた。それをルナが読めてしまったというのは驚くべきことだが、今のティナにとって重要なことではなかった。いくら探しても見つけることができず、あきらめていた勇者との思い出の品が戻ってきそうなのだから。

「い、いいのですか？」

「もちろんです。私はもう、全・部・覚・え・ち・ゃ・い・ま・し・た・か・ら・」

——＊＊＊——

俺たちのクラスは、全員が難なく期末試験を突破した。しかし、ルナが筆記試験で満点を取ったのは驚いたな。俺は一問だけ——人造魔物であるゴーレムに、滑らかな動作をさせられるようにするための錬成魔法陣を描けって問題を解くことができなかったから。一応、古代ルーン語で書かれた問題文を読むことはできた。でもこれまでに読んだことのある魔導書の知識をフル活用しても、最後まで錬成魔法陣を組み立てることはできなかった。

ちなみにこの学園の期末テストでは試験の結果だけ伝えられ、正解できなかった問題の解答は教えてもらえない。一年から七年生まで全学年が同じ試験内容なので、まだ習っていない強力な魔法の存在や詠唱を試験の解答から知ってしまうことで、低学年の生徒が無茶をして魔法を暴走させてしまうのを防ぐためらしい。中には低学年の平均的な魔力量では、読むこともできないようにされている問題もあった。まぁ、俺たちのクラスメイトの中には、魔力量の制限で問題が読めないって奴はいなかったようだ。

それはそうと、俺が解けなかった問題のことだけど……。実はアレ、問題を解くヒントがものすごく身近にあったんだ。それは俺たちの教室の入り口を守護している、ティナ特製のゴーレムのこと。つまり賢者である俺すら解答できなかった問題をつくったのは、ティナだった。

ちょっと悔しい……。あのゴーレムが、とても高度な魔法の組み合わせで動いているのは分かっていた。ティナに頼んで分解させてもらい、内部の魔法陣を見せてもらうことだってできたはず。でも俺は、それをしなかった。

この学園では、生徒がその魔法を扱うに足る実力があると教師が判断すれば、生徒にはどんな魔法であっても詠唱などを教師から教えてもらえる権利がある。今の俺や、火の精霊王イフリートを召喚できる生徒会長のレインであれば、ティナにゴーレムの生成方法を教えてもらえたはずだ。それをやらなかったのだから、この学園の試験としては、何も理不尽なことはされていないってことになる。

もっともティナは、誰にもこの問題を解かせるつもりがなかったようだ。俺を含む在学生の全員が、学園内で普通に行動している高度なゴーレムにたいした興味を持たないのを戒めたかったんだと思う。それに気付いて、俺は反省した。日常を不変だと思って過ごしてしまうと、学びの機会っていうのは減ってしまうんだ。

まぁ、ずっと落ち込んでてもしょうがないよな。満点じゃなかったけど、筆記試験は学園全体で二位。そして実技も、なんの問題もなくクリアした。もちろん俺のクラスメイトたちも。

というわけで——

今日から三日間、学園祭だ!!

普段は生徒以外が入れないイフルス魔法学園も、この三日間だけは国内外から多くの人が押しかける。世界最高の魔法学園、そこの学生たちが何をするのか楽しみにやってくるんだ。

学生たちはクラスごとに演劇をしたり屋台を出したりするのだが、やはり魔法学園なのでレベルが違う。俺は元の世界の学園祭で、クラスの出し物としてドラゴンを勇者が倒すという演劇をしたことがある。もちろん、ドラゴンはダンボールなどで作り、ドラゴンの攻撃もビニールテープなどで火をイメージした演出だった。

しかし、この世界の演劇は本格的だ。レッサードラゴンという魔物を捕まえてきて、実際に観客の目の前で討伐するのだ。最早、演劇なんかではない。リアルに命のやり取りが、目の前で繰り広げられる。この学園の五年生くらいの生徒であれば、多くの者がレッサードラゴンを単独で倒せる。

ちなみにドラゴンと名がついている上に、見た目は完全にドラゴンなのだが、レッサードラゴンは竜族ではない。『ドラゴンもどき』と呼ばれるトカゲ系の魔物だ。翼もあるがそれは見掛け倒しで、空を飛ぶことはできない。だが世間一般ではレッサードラゴンはCランクの魔物だ。大型の個体ならばBランクにも認定されることもある魔物で、恐怖の対象。そんな魔物を、圧倒的火力の魔法で撃破する。学園外から来た一般の観客たちがそんな演劇を見て、沸かないはずがない。

演劇だけではない。屋台もレベルが高い。魔法を駆使して滅多に育たない貴重な植物を栽培して販売していたり、一般には流通しない高純度の回復薬などが売りに出されたりする。ちなみに販売される回復薬などは学生が授業中に練習で作ったもので、この学園で生徒が怪我をした時に使用される回復薬はもっと純度が高い。しかし、学園祭に来た冒険者たちは、学生が作った回復薬ですら喜んで購入していく。

さて、俺たちのクラスだけど――

『メイド&執事喫茶』をすることにした。俺の思いつきの発言が採用された形だ。元の世界でも、アニメとかの学園祭だと定番だと思う。ちなみに俺は、リアルに学園祭でメイド喫茶をやった学校を見たことはないのだけど……。でもまぁ、元の世界ではそれが商業として成り立つくらいのポテンシャルはあるのだから、こちらでもやってみる価値はあると思う。

こちらの世界に、メイド喫茶や執事喫茶というものはないらしい。もちろんメイドや執事が登場する漫画や小説なんてものも、ほとんど存在しない。だからメイドや執事が貴族の屋敷でどんなことをやっているのか、一般人はあまり知らないのだ。

そしてメイドたちが給仕してくれるのが普通だと思っている貴族たちは、それを体験できることが一般人にウケるなどと思いもしない。

珍しい体験は、人を惹きつける。そしてそれが商売になるということが、この世界ではあまり理解されていない。ティナやクラスメイトたちと話しているうちに、俺はこれに気付くことができた。だからこそ、メイド&執事喫茶は人気が出ると確信を持てた。

メイド&執事喫茶をやることが決定してから実行に移すことができたのは、〈メイド（極）〉というスキルを持つティナがいたからだ。彼女が俺たちを指導してくれたので、短期間でクラスの全員が必要な技術を身につけることができた。


いよいよ本番だ。

リファ、マイ、メイ、メルディがメイド服を着ている。みんな、俺の屋敷で毎日メイド服を着ているので慣れた様子。

それで、ここからが目新しい。

「むぅ……。下が、スースーするのじゃ」

俺の屋敷に住む女の子の中で唯一メイド服を着ないヨウコも、今日はメイドの格好になっている。普段着物を着ている彼女は、素足が出るスカートが苦手のようだ。

「ほ、ほんとにコレを着て接客するんですか？」

「ちょっと、恥ずかしいです……」

リュカとルナもメイド姿になっていた。恥ずかしそうにしているが、ふたりともすごく良く似合ってる。

「なぁ、ハルト……。これ、女子だけでもよかったんじゃないか？　俺、裏方に回るよ」

そう言ってきたのはルークだ。彼は執事服を身に纏い、髪をオールバックにかきあげている。

「ルーク。鏡見たか？　お前目当てで来る女子がかなりいるんだから、ダメに決まってんだろ」

ルークは、誰がどう見てもイケメンだった。

学園祭が始まってすぐ、クラス全員でメイド&執事喫茶をすると宣伝しながら、メイドと執事の姿で学内の大通りを歩いた。その効果があって、開店前だというのにうちのクラスの前には多くのお客さんが並んで待っている。

指名制度を設けたので、並んでいるお客さんにある程度希望を聞いたところ、女性の大半がルークを希望していた。

俺とリューシンも、ルークと同じように執事の姿になっている。俺はルークと同じように髪をオールバックにしていて、リューシンは普段と髪型を変えたりはしていない。彼を見てると、長髪の執事もありだなって思えた。俺のことは、ティナたちがカッコいいって褒めてくれた。だから俺たちも、そこまで悪くはないと思うのだが……。俺とリューシンを指名してくれたお客さんを合計しても、ルークが獲得した指名の四分の一くらいにしかならなかった。


ルーク、モテすぎじゃね？

ちなみにこの場所だが、イフルス魔法学園の中央街にある本物の喫茶店を借りて準備をしている。この喫茶店、例年は学園祭の期間中も普通に営業していて、普段の三倍近い売上をたたき出すのだとか。俺は喫茶店のオーナーに学園祭中の売上金額を聞き、その倍の額を支払ってメイド&執事喫茶の店舗として使わせてもらうことにした。

また、俺たちの仕事は給仕だけで、調理や会計はお店のスタッフがやってくれる。学園祭なのだが、生徒だけで全てをやらなくても良いのだ。


「みんな、準備はいいか？」

「大丈夫です」

「うむ。おっけーじゃ」

「『いけます！』」

「いいにゃ」

俺の屋敷に住む女の子たちは、みんな問題無さそうだ。

「恥ずかしいけど……。やるしかないですね」

「が、頑張ります」

リュカとルナも、頑張ってくれ。

「やべぇ。指名を捌ききれるかな？」

贅沢な悩みを持つルーク。彼がさっき少し外に出たら、列を作っている女性たちから黄色い歓声が上がっていた。

「ルークは要領が良いから大丈夫だろ。きつくなったら、俺らも少し手伝うからさ」

少しだけな。

「俺もルークなら大丈夫だと思う。でも俺は、緊張で飲み物を零さない自信がない……」

「リューシンも大丈夫だって」

彼は昨日までのティナの指導で、ほぼ完璧に執事になりきれるようになっている。それにリューシンは昨晩、その運動神経の高さを披露した。みんなとやっていた訓練の最中、ルナがうっかり落としてしまったグラスを、地面に落ちる前にキャッチしてみせたんだ。それができる彼なら、きっと大丈夫。

問題はないはずだ。本職のメイドであるティナにも、何かあった時のために裏方待機してもらっている。

さぁ、開店の時間だ。学園祭を楽しもう！


「お帰りなさいませ、ご主人様」

リファが、一人目のお客様を席まで案内していく。『お帰りなさい』、『ご主人様』と言われて、その女性客は驚いた顔をしていた。設定上ここはお客様の屋敷で、お客様はここの主だ。だから『いらっしゃいませ』ではなく『お帰りなさい』と声をかける。

貴族の屋敷や、元の世界のメイド喫茶だと当たり前のようにされるこの挨拶も、こちらの世界の一般人たちには珍しがられる。ちょっとした貴族気分を味わえるのだ。

初めは戸惑っていた女性客も、リファの完璧なメイド演技により、自然と主人らしい振る舞いになっていた。リファがオーダーを取ると——

「このケーキと、紅茶をお願いできるかしら」

などと、ちょっと上流階級の婦人っぽい言い回しをしていた。この空間ではみんながメイドや執事として本気で演技をするので、お客様も自然とそれっぽい感じに染まる。

次の客が入ってきた。

「お帰りなさいませ。お嬢様」

いいとこのお嬢様だと思われる、質の良い洋服を身にまとったポニーテールの女性が入ってきた。次はマイが接客に入ったのだが——

「す、すみません……。あの人に案内してもらいたいんですけど」

女性が指名したのは俺だった。

えっ、俺!?

物好きもいるものだと思いながら、マイと代わり接客に入る。

「お待たせいたしました、お嬢様。こちらへどうぞ」

執事は咄嗟のことでも取り乱さない。イメージするのは、アルヘイムの王に仕える執事サリオンだ。彼を見習って突然の指名でも平静を装い、ポニテの女性を席まで案内した。ちなみに女性客を呼ぶ時は『お嬢様』で統一している。

「ご注文は、何になさいますか？」

「えっと……。あ、貴方のおすすめがいいです」

ほう、そう来たか。

「モーニングセットはいかがでしょう？　ドリンクは紅茶がおすすめです」

茶葉はシルバレイ伯爵家御用達のものを取り寄せた。物凄くいい香りのする高級茶だ。利益度外視で提供している。

「じゃあ、それをお願いします」

この人はあまり空間に染まってないみたい。

まぁ、そういう人もいるだろう。

「畏まりました」

オーダーをメモって、席から離れようとした。

「あっ」

「他にも何か？」

女子生徒が何か言いたげに声を出した。でも、彼女は下を向いて小声で「なんでもないです」と言った。

んー。執事なら、主人の考えくらい読めなきゃいけないよな？

俺の姉シャルルは、相手の考えが読める読心術というスキルを持っている。兄のカインは超直感により、相手の要求を満たすため最適な行動ができるだろう。もうひとりの兄レオンは洞察力が優れていて、ちょっとした仕草から相手が何をしたいのか、何を言いたいのかを理解してしまう。

でも俺に、そうした能力はない。

「……食事をお持ちします。少々お待ちください」

そう言って俺はテーブルから離れた。

オーダーを厨房に通して、少し待つ。その間に、俺は女子生徒が何を求めているのか理解しようとした。まずは彼女をよく見よう。

目が合った——が、直ぐに逸らされてしまった。

どうやら厨房に向かった俺の後ろ姿を、ずっと見ていたようだ。今は俯いて、少し頬を赤くしている。

これは、あれか？　俺に好意を持ってくれているのかな？

……いや。焦るな、俺。もっと彼女をよく観察するんだ！

そういえば、試してみたいことがあった。

俺は魔力を少しだけ放出し、薄く伸ばす。そしてその魔力を俺と、ポニテの女性の頭へと繋げる。魔力が濃いと魔法で干渉されているのがバレてしまうので、できる限り薄くするのがポイントだ。ちなみにこうした緻密な魔力コントロールができるようになったのは、この学園の長である賢者ルアーノの授業を受けているおかげだ。

俺は職業が賢者なので、自分の魔力を広げた空間内にあるものであれば、どんな微細な動きでも検知できる。それを応用する。元の世界のテレビで見た脳波をイメージしながら、女性の脳波を魔視できないかやってみた。

——できてしまった。

女性の脳波の、動きが活発なところが視える。

続いてシルフたち精霊王と念話する時の、頭に響く声の感じを思い出す。

シルフの念話での声は、頭のこ・の・辺に響くんだよな。

念話でシルフたちの声が響く俺の脳の一部に、女子生徒の脳波を波形に変えて当ててみる。

中途半端な元の世界の知識。精霊王たちとの念話の経験。職業が賢者であることにより、微細な魔力操作ができる補正がかかっていたこと。そして、シャルルのそ・れ・を体感したことで得られたイメージ。

それらによって、奇跡が起きた。

(――は、――じ―すが――ったのに)

――っ!!

まるで念話をしているように、頭に声が響いた。さっき注文をとる時に聞いた女性の声だ。

こ、これは……。読心術ができている!

しかし、まだまだノイズが多く、ちゃんと思考を読み取れるまでには至っていない。

ちょうど料理とドリンクの準備ができた。俺はそれらを持って、女性のもとへ向かう。

「お待たせ致しました。モーニングセットと紅茶です」

「あ、ありがとうございます」

一瞬彼女が俺を見たが、直ぐに下を向いてしまった。

今だ!

俺は改めて、女性と俺の頭を薄い魔力で繋げる。

(紅茶はあん──り、好き───ない)

さっきよりハッキリと頭に声が響く。

もしかして、紅茶が好きじゃないのか？

「お嬢様。紅茶はお好きではありませんでしたか？」

「えっ⁉」

彼女が驚いた表情で俺を見てくる。

(な、な──でわかっ──の⁉)

ちょっとずつ慣れてきた。彼女の心の声がほぼ聞こえる。

「お嬢様のお顔が優れないようでしたので。ご希望があれば、ほかの飲み物に取り替えます」

「いえ。私が紅茶でいいって言ったんです」

と、口では言っているが。

(本当はオレ──ジジュースが───んだけど……。でも、今更かえ──って言えないよ)

「畏まりました。では、ごゆっくりどうぞ」

そう言って、一旦席を離れる。

厨房からオレンジジュースを出してもらって、再び彼女のもとへ。

「お嬢様、オレンジジュースはいかがでしょうか？　こちらも美味しいですよ」

「ふぇ⁉」

(な、なんで!?)

「お嬢様が、望むモノをすぐ提供できなかったのですから、こちらはサービスです」

「な、なんでオレンジジュースが欲しいって分かったんですか?」

読心術です――なんて、言えるわけが無い。

ここで俺は元の世界の、とある漫画のセリフを思い出す。

「このくらい当然です。私は、お嬢様の執事ですから」


――＊＊＊――


メイド&執事喫茶は順調だった。みんな安定して接客できている。俺の屋敷に住んでいる女の子たちは慣れているから当然として、リュカとルナが化けた。恥ずかしがっていたリュカも、ちゃんと接客できるか不安がっていたルナも、いざ客が付くと完璧なメイドを演じてみせた。

そして、やはりルークが大人気だった。ルークを指名する女性客だけ、別の列で待機してもらわないといけないほどだった。リューシンと俺にも、たまに指名が入る。俺に指名が入った時は、読心術の練習を兼ねて全力で接客した。

「ご注文は何になさいますか?」

「んー、そうねぇ」

(このシフォンケーキが食べてみたいんだけど、ちょっと大きいのよね)

対象者が何を考えているか、安定して聞こえるようになってきた。

「こちらのシフォンケーキはいかがでしょうか？　少し大きめなのですが、ふわふわでとても軽いので、お嬢様でも食べ切れてしまうと思います」

「うん。じゃ、それにします！」

「畏まりました。少々お待ちください」

読心術のおかげで、接客が凄く上手くいく。ただ、プライバシーを侵害しまくっているので、使うタイミングは選ぶようにしようと思う。俺は昔から姉のシャルルに読心術を使われていたみたいだけど……。家族とはいえ考えをすべて読まれるのは、あまり気持ちの良いものではない。だから俺は必要な時だけ使うことにしよう。

ちなみに今は、必要な時。例えば、相手が何を考えているか聞こえるというのは、相手がどんな攻撃をしてくるのかが分かるということ。戦闘において、この読心術という能力は非常に強力だ。なので全力で楽しませる代わりに、お嬢様方には読心術の練習台になってもらう。


「あの、また貴方を指名してもいいですか？」

一番初めに俺を指名してくれた女子生徒が、もう一度来てくれた。

「今回は私が接客する順でしたので、指名なさらなくても大丈夫ですよ」

「そうなんですね、ありがとうございます」

（持ち出してきたお小遣いギリギリだったから、良かったぁ）

非日常空間を楽しんでもらう——という付加価値があるので、普通の喫茶店の三倍くらいの料金設定になっている。特に指名料が高い。新しく入ってきた客には、空いているメンバーが順に接客に入る。その際のメンバーで良ければ指名料は要らない。もちろん、指名料を貰ったら普通の接客より色々サービスをする。

来店のお礼の手紙を書いて渡したり、食事をあーんして食べさせたりする。ルークは接客相手が全員、彼を指名してきている客なので、それらのサービスをするのが大変そうだった。

まぁ、モテる奴は多少苦労しとけって話だ。

嫉妬じゃないぞ？　俺にはティナたちが居るんだから。

嫉妬じゃない。大事なことだから、二回言った。

さ、俺も仕事しよう。

「お帰りなさいませ、お嬢様」

「た、ただいまです」

メイド&執事喫茶は結構な人気で、店の外の列もかなり長くなっている。そんな列に並び、また来てくれたのだ。指名されてなくても、少しサービスしてあげようと思う。

この子は、何をお望みかな？

「ご注文はお決まりですか？」

「あっ、はい。えっと——」

(貴方とお話しがしたいです！　なんて、ダメだよね……。お仕事中だし)

そうか、この人は俺と話がたいのか。俺はそんなに指名されないし、お店も順調に回ってる。多少は良いだろう。

「二度来ていただいた初めてのお嬢様ですので、よろしければ少しお話ししませんか？」

「いいんですか!?」

「はい。私《わたくし》、ハルト＝エルノールと申します」

「わ、私はサーシャ＝グレ——じゃなくて！　サーシャです！」

(あ、危ない……グレンデールって言ったら、王族だってバレちゃうじゃん！　秘密にしなきゃいけないのに)

おっと、とんでもないことを知ってしまった。俺の目の前にいるサーシャは、この国の王族らしい。確か、国王陛下には妹が居たはずだ。サーシャくらいの年齢の王族と言うと、その妹君くらいしか思い当たらない。でも妹君は病弱で、国民の前に姿を現すことはこれまで一度もなかった。

どういうことだろう？　本当に陛下の妹なのかな？

「サーシャ様ですね。二度もご来店いただき、誠にありがとうございます。つかぬことをお伺いいたしますが、何故私をご指名くださったのでしょうか？」

「えっと、それは……」

(私は、世界樹の葉のおかげで回復できたんです！　その世界樹の葉を手に入れるきっかけを作ったのがハルトさんだから、どうしても直接お礼が言いたかったんです——って、これも

言っちゃダメなんだよね)

サーシャが下を向いてしまう。

そういうことか。病弱だったサーシャは、アルヘイム《エルフの王国》がこの国に贈った世界樹の葉で回復することができたらしい。

それは良かった。で、サーシャの願いは俺へのお礼か。

主人の願いを聞き届けるのが執事の仕事だ。俺はサーシャにしか聞こえないよう、その耳元で話しかける。

「私の兄は陛下の親衛隊長です。陛下とも懇意にしていただいておりますので、多少の事情は把握しております。無事に回復なされたようでなによりでございます、サーシャ様」

「——えっ」

サーシャのことを知っていたことにしてしまった。

もし兄に確認されたとしても、超直感を持つカインならなんとかしてくれるだろう。

「そ、それじゃあ……」

(私が王女って知ってるの？　——ってことはお礼言っても大丈夫ってことだよね)

サーシャが真っ直ぐ俺を見てきた。グレンデール王と同じ、綺麗な青い瞳をしている。

「貴方のおかげで、こうして外に出られるようになりました。本当に、ありがとうございます」

「恐れ多いお言葉です。殿下」

「あの……。もし良ければもう少しお話ししたいので、学園祭の後で訪ねてもいいですか？」

「もちろん大丈夫です。ですが、病み上がりでしょう？　私がお伺いしますよ？」

「平気です。完全に元気になりましたし、こうして出歩くのが楽しいのです」

(実は護衛を振り切ってハルトさんに会いに来ちゃったとか、言えないよね)

おいおいおい、何やってんだこの人？　王族の護衛なら王国騎士がつくはず。それを振り切るとは……。

驚くべき行動力だ。ただ、彼女の兄であるグレンデール王も常に護衛を振り回すような御方なので、俺が止めたところで無駄だろう。であれば、俺がすべきなのは――

「もし本当に、おひとりで来られるようでしたら、こちらをお持ちください」

俺はそう言って、ポケットからブレスレットの形をした魔具を取り出す。

「あの、これは？」

「危険が迫った時に、護身魔法が発動する魔具です」

異世界から来た勇者のみが使用できる絶対防御魔法を封じ込めた魔具を、ティナが持っていた。それと同じものを、世界樹のダンジョンでも見つけた。俺はそのふたつの魔具を解析して、同じように魔法を保存できる魔具を作っていた。

オリジナルのように、どんな魔法でも保存できるといった性能はない。炎の騎士を数体入れるのが限界。しかしこれがあれば、いきなり敵が襲って来たとしても時間稼ぎはできるはず。

俺はこの魔具を、家族全員に渡していた。俺も一応、身に着けている。予備もあるので、俺のをサーシャに渡したのだ。

「ありがとうございます……。でも、どうしてここまでしてくれるのですか？」

どうして？　そんなの決まってる。

「私は、お嬢様の執事ですから」


――＊＊＊――


「みなさん。お疲れ様でした」

「「「お疲れ様でーす」」」

「つかれたぁー！」

学園祭初日が終わった。

俺たちの店は大盛況だった。いや、盛況し過ぎた。

「お、俺。もう、むり……」

百人近い指名客に対応していたルークは、特に疲労がヤバそうだ。六時間の開店時間中、彼はほとんど休みを取らず常に五人以上のお客さんに対応していた。

しかし、そんなルークの頑張りの甲斐もあって、喫茶店を貸し切りにした料金、そして二日分の食材費などを全て合計した金額以上の利益が出たのだ。

「今日の最大の功労者は、間違いなくルークさんですね」

「そうだな。ルーク、お疲れ！」

「お、おう」

リュカとリューシンが、ルークを労《ねぎら》っていた。

「回復魔法、かけておきます」

「あぁ。リュカ、助かるよ」

顔色が優れないルークだったが、リュカが回復魔法をかけてくれたことで、かなり疲労が軽減された様子。

今日は想定していた以上の集客があり、利益率の高いクッキーなどのお土産が結構売れた。

そして、利益度外視で出していた、シルバレイ伯爵家御用達の高級茶——これが不評で、全然売れなかった。

「ハルト様がご用意されたお茶、あまり売れませんでしたね」

「……うん」

凄くいい匂いするのに、残念だ。俺は昔から飲んでいて結構好きなのだが、一般の人たちには合わなかったらしい。利益を度外視しているとはいえ、ちょっと高めの料金設定にしたのも良くなかったのかもしれない。

そんなわけで、利益率が高いものが売れ、売れば売るほど赤字になるモノが売れなかったため、結果として黒字になった。

「大変でしたけど、すごく楽しかったです」

「『お客さんに可愛いって、言ってもらえました』」

リファとマイ、メイは安定して仕事をこなしていた。リファは上級生の男子生徒たちから人気があり、マイとメイは女子生徒から多くの指名を受けていた。

「あの服は少し恥ずかしいが、だいぶ動きやすかったのじゃ」

「なかなか似合ってたぞ。ヨウコ」

「そ、そうかの？　では主様が望むのであれば、屋敷でもたまに着てやってもよいのじゃ」

おおっ。どうやら今後は俺の屋敷でも、メイド姿のヨウコを見ることができそうだ。和風美少女メイド……うん、最高ですね。

「メイド姿のルナ。可愛かったにゃ」

「メルディさんもお似合いでしたよ。それにお料理を運んだりするのがすごく手馴れていて、流石だなって思いました」

「えへへ。ありがとにゃ」

メルディが給仕に慣れているのは、俺の屋敷で住み込みメイドとして働いているからだ。彼女への報酬は、ティナの手料理が食べられるという特権。ティナが作ったカレーを食べてその味に惚れ込み、メルディは俺の屋敷に居候することを決めた。

メイド&執事喫茶は、明日で終わりだ。学園祭最終日である三日目は、クラスのみんなと他クラスの出し物を見て回ることにしている。

経費に人件費を含んでいないので、現状はタダ働きだ。今日と明日の利益をみんなで分配して、三日目の学園祭で遊ぶ資金にすることにしていた。今日一番頑張っていたのはリュカが言っていた通り、指名人気No．1のルークだ。彼には少し、多めに分配できるようにしよう。

後片付けを終え、喫茶店のオーナーとお店のスタッフさんたちに挨拶して、各自解散した。

「明日を乗り切ったら、三日目は屋台を巡るのじゃ！」

「すごくおいしそうな香りが、あちこちから漂っていましたね」

「『楽しみです!!』」

「ルナも、一緒に連れて行ってもいいかにゃ？」

「もちろんです。そうですよね、ハルト様」

「うん。みんなで屋台巡りをしよう」

ヨウコ、リファ、マイ、メイ、メルディ、ティナと俺は、同じ方角に向かって歩いている。

各自解散した――と言っても、クラスメイトの過半数が俺の屋敷に帰るのだ。


――＊＊＊――


「この後、来客あるから」

屋敷について、俺は皆にサーシャが来ることを告げた。

「ハルト様が何か、耳打ちしてらっしゃった方ですか？」

ティナは俺が、サーシャと会話していたのを見ていたようだ。

「そう」

「お知り合いだったのですか？　二回もハルトさんを指名しようとしていましたよね」

リファにも見られていた。

「『その方、ハルト様をずっと見ていました』」

「そうじゃ。主様を見て頬を赤くしておったぞ」

マイ、メイ、ヨウコからも声が上がる。

なんかみんな、俺のことチェックし過ぎじゃない？

「あの人、この国の王様の妹君なんだ」

「サ、サーシャ様だったのですか!?」

ティナは、サーシャの名前だけは知っていたようだ。

「うん。病気で公の場には出られなかったけど、アルヘイムから貰った世界樹の葉で回復できたんだって。で、そのお礼を言いに来るらしい」

「サーシャ様がここに来るのは良いのですが……。ハルト様が彼女に、ブレスレットを渡したのはなぜですか？」

「えっ」

なんだかティナが、不機嫌そうだった。

「あれは私たち、エルノール家だけのものかと思っていました」

「主様が我らを守るために作った特別な品。貰った時、凄く嬉しかったのじゃ。それを――」

リファとヨウコの口調がいつもより厳しい。

「「私たちも、ちょっと嫌でした」」

マイとメイも不機嫌だった。ふたりのこんな様子は初めてなので、ちょっと戸惑う。

「みんな、ハルトからブレスレット貰った時、大喜びしてたにゃ。ウチも貰えて嬉しかったにゃ。それを簡単に、赤の他人に渡すのは良くないにゃ」

メルディに叱られてしまった。

そうか……。そういえば全員同じものを身につけるのは、あれが初めてだったな。

「みんな、ごめん」

なんとかして機嫌を直してもらわなきゃ。

ちょっとズルいけど、何をしたら許してもらえるか読心術で聞くとしよう。

「俺が軽率だった。みんながあれ《ブレスレット》をそんなに大事に思ってくれていたなんて知らなかった。だからお詫びに、俺ができることをひとりひとつ叶えるよ」

「わ、私はハルト様に贖罪していただこうなんて思っていません！」

（あぁもう、私のバカ！　せっかくだから、執事姿でご奉仕してください！　――って、言えばいいのに!!）

なるほど。ティナの願いは、執事姿での奉仕ね。

「ハルトさんは反省しているようなので、私はもう許します」

（でも、できれば執事姿のハルトさんにお嬢様って呼んでもらいたいな……なんて）

リファの願いも執事姿での奉仕か。

「「ハルト様に何かしていただこうなんて、畏れ多くて思えません!!」」

(執事のお姿、カッコよかったです！　あれで少しだけでも、お相手してほしいです)

マイとメイもか……。

「我は、そうじゃの。ほっぺにチュ──」

「「「ヨウコさん!!」」」

「い、いや。なんでもないのじゃ」

(むぅ、そうじゃった。結婚しておるティナとリファ以外は、主様にキスをせがんではいかんのだったな。主様がしてきてくれれば良いのじゃが……。せめて、頭を撫でるくらいはしてほしいのじゃ)

なんか知らないうちに、家族ルールができていたらしい。

俺が誰かにキスするのは自由だけど、俺にキスを強請《ねだ》れるのは、妻であるティナとリファだけだという。

それじゃ、ヨウコの願いは頭を撫でることだな。

「ハルトのチャーハン食べたいにゃ！」

メルディは、俺の作るチャーハンをご所望のようだ。

元の世界にいた時、俺はよくチャーハンを作っていた。妹が俺のチャーハンを好きだと言ってくれたから、調子に乗って作りまくった。こっちの世界に来てからは、魔法学園に入学してから何回かティナたちに作ってあげた。それが結構、好評だった。

実家にいた時は、ティナを含むメイドたちが俺をキッチンに入れてくれなかったから、料理は全くできなかった。いつかひとり暮らしする時のために練習したいと言ったら『ハルト様には私がずっとついていますから、そんな必要ありません』とティナに言われてしまった。

また、こっちの世界ではあまりチャーハンがメジャーな食べ物ではないらしい。異世界から転移してきた勇者によって伝えられたレシピがあり、それを基にチャーハンを作って販売するレストランはある。俺も興味本位で食べたが、なんかベチャッとしていて不味かった。

魔法学園に入学して少しした頃、俺は唐突に元の世界のチャーハンが食べたくなった。

『食べたい』という意思は、もの凄い原動力となる。

まず俺は、チャーハンに合う米を探した。

授業がない日、ティナに飛行魔法で色んな国に連れていってもらった。そして極東の島国フォノストで、ついに日本の米に近いものを見つけた。ここはヨウコの故郷だという。日本っぽい文化が広まっていてちょっと懐かしくなったが、目的はチャーハン作りなので米だけ買って帰った。転移のマーキングはしたので、俺はいつでもフォノストへ行くことができる。

俺は定期的に転移魔法でその島国に行って米を買い、ティナにその米を渡してご飯を作ってもらっている。最初は真っ白なお米を不思議がっていたティナたちも、今ではすっかり島国のお米が主食になった。

やっぱり白米、最高だよね!!

ちなみにチャーハンを作る際の材料だが、お米以外は魔法学園の市場に元の世界のものと近い食材がある。ティナが屋敷にいない時、俺はキッチンでチャーハンを作った。帰ってきたティナは俺が料理していたことに驚き、そして俺のチャーハンを食べて二度驚いた。

それ以来、たまにティナが俺のチャーハンを食べたいと言ってくるので、作ってあげていたんだ。ヨウコやマイ、メイ、リファたちがうちに来てからも、同じように作っていた。そんな中で、いつも一番喜んでくれるのはメルディかな。

(チャーハン、チャーハン！　チャーハン!!)

うん。こいつは、チャーハン作ってやればいいな。

「おっけー!!　じゃ、今日の夕飯はお詫びを兼ねて俺が作るよ。チャーハンでいいよね？」

「やったにゃ！」

メルディは喜んでいるが、ほかのみんなは微妙な表情だった。

(ハルト様のチャーハンは美味しいので好きなのですが……勿体ない。ちゃんとお願い、すれば良かった)

(せっかくハルトさんに、お嬢様って呼んでもらえるチャンスでしたのに……)

((できれば、執事のお姿で！　って、無理ですよね？))

(あ、頭ナデナデが、チャーハンになってしまったのじゃ……)

(チャーハン！　チャーハン！　はっるとっのチャーハン!!)

俺は皆の思考を読み取りながら、夕飯の準備に取り掛かった。

持って帰ってきていた執事服に着替えて髪をセットし、キッチンへと向かう。みんなには準備ができるまで、自室で待っていてほしいと伝えていた。

「さ、やりますか」

サーシャが来るかもしれないので、みんなへのお詫びは早急に済ませなくてはいけない。

ささっと、チャーハンを作った。

さて、ここからが本番だ。

――＊＊＊――

「ティナ、居る？」

ティナの私室に来て、扉をノックする。まだ執事モードにはならない。

扉が開く。

「ハルト様、どうかなさい――」

俺の姿を確認したティナが固まった。

読心術を展開し、執事モードに。

「お嬢様、お待たせいたしました。お食事がご用意できましたので、お呼びにまいりました」

「ハ、ハルト様、そのお姿は――」

(か、かっこよすぎます!!)

んー。やっぱり、照れるな。

でも俺は今、ティナの執事なのだから平常心を保たなくちゃ。

「ブレスレットの件のお詫びと、今日お店の運営を裏から支えてくださったお嬢様へのご褒美です。何か私に、望むことはございますか?」

「キスしてください!」

(そんな! ハルト様におねだりなんてできません)

「えっ?」

「えっ? ――あっ。い、いや! そうじゃなくって」

びっくりした、まさかそう来るとは。本音と建前が、逆になってる。

普通にキスを強請《ねだ》られた。

でも……。お願いされたら、仕方ないよね。

「お嬢様、失礼します」

頬を染めて下を向くティナの顎を指でクイッと上げ、俺の方を向かせる。

「あ、あの。ハルトさ――」

ティナとキスをした。

「…………」

（…………）

ティナが固まった。思考も停止している。

ふっ、とティナの身体から力が抜けた。倒れ込みそうになるその身体を慌てて支える。

「大丈夫？」

「す、すみません」

（幸せ過ぎて、力が抜けちゃいました。ハルト様、ズルいです）

「立てそう？」

「は、はい。なんとか」

（できればこのままお姫様抱っこしてベッドまで……なんて）

おっけー。任せろ！

「ハ、ハルト様!?」

ティナを抱き上げ、ベッドまで運ぶ。

俺は邪神の呪いでステータスが固定なので、いくら筋トレをしても物理攻撃力は上がらない。けど、物を持ち上げたり運んだりするのはステータスじゃなく筋肉量に依存するので、ちゃんと筋トレもやっていた。だからティナを運ぶくらいなら余裕だ。

優しくティナをベッドに降ろした。

もう一度、彼女とキスをする。

「お嬢様、今日はここまでです。お食事を食べに来ていただけますか？」

「は、はい」

これ以上、思考を読むとキリがなさそうなので読心術をオフにした。

「では私は、他の方をお呼びしてきます。食堂でお待ちください」

そう言ってティナの部屋を出た。

あと五人。執事って、大変だと思う。


次はリファの私室に向かう。

「リファ、入っていい？」

「はい。今開けます」

扉が開いて、リファが出てくる。そして、ティナのように固まった。

さ、執事モードだ。もちろん読心術をオンにする。

「お食事のご用意ができました。食堂までお越しいただけますか？」

「えっ!?　あっ、はい」

(な、なんでハルトさんが執事服を!?)

「ちなみに、この格好はブレスレットの件の謝罪と、今日お店で接客を頑張っていたお嬢様へのご褒美のつもりなのですが……。いかがでしょうか？」

「素敵です！　かっこいいです!!」

(そ、そんな謝罪だなんて――)

「えっ……。あ、ありがとうございます」

なんだろう。俺の妻はテンパると、思ってることと口から出る言葉が逆転するんだろうか？

可愛い妻から、真っ直ぐ褒められるとさすがにちょっと照れる。

よし、切り替えよう！

「何か私に、してほしいことはございますか？」

「えっと……」

（キスしてほしいです。できればちょっと強引な感じで——ってそんなこと、言えるわけないじゃないですか！）

「畏まりました」

「えっ」

リファの肩を掴み、近くの壁に軽く押し付ける。

「あ、あの。ハルトさん？」

リファは驚いているが、抵抗しようとはしなかった。

壁に手をついて、リファの逃げ道を無くす。

所謂、壁ドン。

まさか俺が、これをやる日が来るとは。

そのまま、少し強引にリファとキスをした。

「すみません。お嬢様が可愛らしくて、つい」

そういう設定にしておこう。

「……どうして、キスしてほしいって分かったんですか？」

そんなの、決まってるじゃないか。

「私は、お嬢様の執事ですから」

「ハルトさん……」

（そんなの、ズル過ぎますよぉ）

その後、リファが望むように少しだけイチャイチャして、リファの部屋から出た。

あと、四人……。

チャーハン、冷めちゃうんじゃないかな？

そんなことを思いながら、俺はヨウコの私室へと足をはこんだ。


ヨウコの部屋へと向かう。

部屋の扉が見えたところで――

「主様が我の部屋に向かっている気がするのじゃ！」

着物姿のヨウコが部屋から飛び出してきた。

ちょっとビックリした。

主従契約を結んでるからか？

よく俺が近づいてきたのが分かったな。

「あ、主様、そのお姿は――」

ヨウコが俺の執事姿を見て固まった。

少し予定と違うけど、執事モードに入る。

「お嬢様、夕飯の準備ができました」

「お、お嬢!? 主様。い、いったいどうしたのじゃ？」

「今日のブレスレットの件のお詫びと、慣れないメイド服で接客を頑張っていたヨウコお嬢様へのご褒美です」

ヨウコは普段、この屋敷では着物で家事などをしていた。

メイド喫茶ということで初めてメイド服を着させたのだが、スカートがスースーすると言って嫌がっていた。しかし開店してからは、メイドとしてちゃんと接客をこなしてくれたんだ。

「ご褒美、じゃと!? と、ということは――」

(主様の子種を頂けるチャンスじゃ！)

やめろぉぉぉ!!

ヨウコが言うと冗談に思えない。彼女は九尾狐という魔族で、ヒトを洗脳や魅了で籠絡させて、その庇護下で完全体になるまで過ごす。そうした技術に秀でた種族なんだ。

本気で色香を出したヨウコは、とても魅力的に見えてしまうってこと。俺はステータス固定の呪いの影響で、状態も『固定』されている。だから彼女の魅了魔法は効かないのだけど、それはあくまでステータス上での話。魔法やスキルを使用せず、話術や手技で俺を堕とそうとヨウコがしてきた場合、それに耐えるには俺の精神力が勝る必要がある。ティナという最愛の女性がいるから、そうそう俺の精神力が負けることはない——とは思うけど。

「性的なこと以外でしたら、なんなりと。可能な限りお嬢様の願いを叶えます」

とりあえず、夜の営みはダメってことにしとこう。

ヨウコは俺と主従契約を結んでいるので、俺が拒絶したことに関して彼女から何かすることはできない。

「む、むぅ」

(頼む前に拒否されてしまったのじゃ。んー、それ以外の望みか。そうじゃのう……あっ!)

ヨウコが何か思いついたようだ。

「主様とキスがしたい——というのは、大丈夫なのかの?」

「唇に?」

「そうじゃ」

そういえば、俺からヨウコにキスしたことはまだなかった。主従契約の際に、ヨウコから手の甲にキスされただけ。キスは性的なことに当たると思うのだが——

「……まぁ。そのくらいなら」

「よよ、よいのか!? な、ならばそれでお願いするのじゃ!」

(我はこの屋敷で主様の魔力を吸い続け、九尾狐として強くなった。その我が全力で魅惑魔法を行使し、更に口を通して超強力な催淫効果のある我が体液を飲ませれば、主様はきっと我を襲うはずじゃ！　我は契約で主様を襲えんが、主様が襲ってくるなら問題は無いのじゃ!!)

いや、問題しかねーよ!!

「それでは頼むのじゃ！」

(我の本気の色仕掛けを、喰らうがいい！)

そう言ってヨウコは目を閉じて、俺に唇を突き出す。ヨウコの身体からピンク色のオーラが溢れ出てくるのを魔視で確認した。おそらくこれが、魅惑魔法なのだろう。

ピンクのオーラが俺の身体に触れると、ちょっとだけヨウコが可愛くなった気がした。ステータスボードに表示されない程度の効果であれば、俺は影響を受けるらしい。

ヨウコの魅惑魔法で俺は、ちょっとヨウコが可愛く見えるようになった。でも、それだけ。ムラムラしたり、襲いたくなったりはしない。

であれば彼女とキスをして、催淫効果のあるというヨウコの体液を多少取り込むことになっても、大丈夫なんじゃないかな？

そう判断して俺は、ヨウコとキスした。

――っ!?

キスした瞬間、ヨウコの舌が口の中に入ってきた。

「お、おい！」

慌ててヨウコから離れる。

ヨウコと初めてのキスなのでさすがに緊張し、キスする瞬間、無意識に読心術をオフにしてしまっていた。

「ふふふ、すまぬのじゃ。我も、でぃーぷなキスは初めてで……。ど、どうじゃったかの？」

（ドキドキしたのじゃ。しかしこれで、主様は確実に我の体液を取り込んだ！　今頃、主様は我を襲いたくてうずうずしておるに違いない!!）

残念ながら、なってないんだな。しかし、俺を嵌めようとするとは許せん。

「ヨウコ」

「は、はい」

（き、きたぁ！　ついに主様が我に手を――）

「尻尾を出せ」

「はいっ！　……え？　し、尻尾？」

（くっ、いかん！　これは『命令』じゃ。逆らえん!!）

ヨウコが尻尾を具現化する。俺は、それを――

全力でモフった。

「――んんんっ!?」

敏感な尻尾を全力で触られ、立っていられなくなったヨウコが俺の方に倒れ込んできた。その身体を支えながら、尻尾をモフり続ける。

「なぜじゃ!?　んんっ！　なぜ――」

（な、なんで襲わないのじゃ!?　こ、これでは我が、一方的に気持ちよくさせられているだけなのじゃ!!)

「ご褒美だからな。気持ちいいだろ？」

「なっ!?」

(主様の意思がハッキリしておる……。えっ、ということは、我の体液を取り込んでおらんと
——んんっ!?　そ、そこはダメなのじゃ！)

ほう。ここがいいんだな。

「んぁぁぁぁぁあ！！！」

その後俺は、ヨウコが欲しがる場所を数分間に渡ってモフり続けた。

その結果ヨウコは今、廊下に伏してピクピクしている。

しばらく起きあがれないだろう。残念だが、晩ご飯はお預けだな。

とりあえずベッドに運んでやった。

「お嬢様。起きられたら、お食事を召し上がりに来てくださいね」

そう言いながらヨウコの頭を撫でる。彼女はご褒美として、頭を撫でてほしいと言っていたから。願いは叶えてやったのだから、これで問題はないだろう。

さ、あと三人だ。

俺はマイとメイの部屋に向かうことにした。

ヨウコの部屋を出る。

「――えっ」

部屋の外に、顔を赤くしているマイとメイが居た。

も、もしかして、ヨウコの尻尾をモフりまくってたのを見られてた？

「「あの、ハルト様……」」

「なんでしょう？」

「「私たちも今日、がんばりました!!」」

（（ですから、ヨウコさんにしていたみたいに、私たちも撫でてください!!））

よ、良かった。ヨウコを立てなくなるまで虐めていたのは、見られてなかったようだ。

ヨウコをベッドに寝かせて、頭を撫でてやっていたところから見られたんだろう。きっとそうだ。そうに違いない。

頭を撫でてやるくらい、なんてことない。

「マイお嬢様、メイお嬢様。今日は良く頑張りましたね」

そう言って右手でマイを、左手でメイを優しく撫でてやった。

「「ふゅ」」

ふたりが気持ち良さそうに目を閉じる。

精霊であるマイとメイは、俺の魔力でこちらの世界に顕現している。顕現用の魔力は召喚魔法陣を通して、数年分を既に渡してあった。

しかし精霊という種族は、こちらの世界に滞在し続ける限り顕現用の魔力とは別に、召喚主の魔力を少しずつ吸収するのだ。この余分に吸収した——いわゆるボーナス的な魔力で、精霊は成長する。長期間顕現し続けた精霊は、どんどん強くなるんだ。

また、精霊と身体を接触させると、通常より多めに魔力を抜かれる。魔力が固定されている俺には、あまり関係ないことだけど。だからこうして撫でている時も、マイたちに魔力が吸われている感じがする。

頑張ったご褒美だからな。ちょっとサービスしよう。

ふたりは俺の属性魔法に惚れたと言っていた。マイは火属性。メイは水属性の精霊だ。精霊は、純度の高い魔力を好むらしい。

俺は右手の魔力を火の性質に変化させる。その際に、完全燃焼した炎をイメージする。左手の魔力は水の属性に。なるべく不純物の少ない純水をイメージ。このイメージによって、魔力の質が良いものへと変わるらしい。

元の世界でガスバーナーの炎や、科学的に作られた純度の高い水なんかを見たことがある。純水の方はテレビで作る工程を見ただけだけど……。それでもイメージできるということは大事らしく、現に精霊たちは俺の魔力を質の高いものとして喜んでくれる。

そんなわけで俺は、魔力の質を変化させながらマイとメイに魔力を送り込んだ。

「——んんっ!!」

「ハ、ハルト様!?」

ふたりの頬が紅潮する。

気持ちが良さそうなので、俺は構わずマイとメイに魔力を送り続けた。

サービスサービスぅ！

「だ、ダメです――」

(か、身体があつい。ハルト様のが、いっぱい、入ってきてる!!)

「やっ、も、もう。やめ――」

(だめっ、だめだめだめぇ！　そ、それ以上はもう、入らないってばぁ!!)

マイとメイが俺に向かって倒れてきた。一旦、頭から手を離し、ふたりを受け止める。そのままふたりを抱きしめるような形で、そのまま魔力の譲渡を継続してみた。

接触する面積が増えたのでその分、送れる魔力も増える。俺はここぞとばかりに賢者ルアーノ直伝の、魔伝路拡張訓練の成果を発揮した。

魔力、いっきまーす!!

魔伝路に一時保存した魔力10の無数の塊を、一気にふたりへと送り付ける。

「「んぁぁぁぁああああ!!」」

パリンッ――と、何かが砕ける音がした。

マイとメイは糸の切れた人形のように力なく、俺の腕の中でぐたっとしている。

「お、おい！　大丈夫か!?」

マイとメイから返事はなかったが、大丈夫そうだ。ふたりとも、普通に息をしている。

ただ少し、気になることが……。

なんとなく、ふたりの存在の格が上がっている気がしたんだ。今のマイとメイが纏うオーラは、イフリートやウンディーネなど精霊王と同格か、それ以上。

も、もしかして……。やっちゃった？

この世界の精霊は召喚主などから回収した魔力を一定以上溜めると、その格が上がる。ふたりは俺と契約したことで、高位精霊級になっていた。それを、更に成長させてしまったようだ。

本来であれば高位精霊が精霊王になるには、人間が三次職になる時と同じように、神の試練をクリアする必要がある。しかし四人の精霊王の誰かが欠けた時でなければ、精霊たちは神の試練を受けることができない。神に選ばれる精霊王は、四人までと決まっているからだ。

ただ例外として、なんらかの方法でその存在の殻を打ち破れば、神の試練《オッサン》をクリアせずとも精霊王級へと成り上がれる。その例外が、星霊王だ。そもそもこの話は、星霊王から聞いた。自ら殻を破り精霊王となり、更に星の魔力を取り込み続けて、今の星霊王になったという。

俺はマイとメイの殻を、無理やり外から魔力を送り続けることで破ってしまったようだ。

「…………」

まぁ。強くなって悪いことなんて、ないよね？

元々、ふたりへのご褒美だったわけだし。

「お嬢様。精霊王級への昇格、おめでとうございます」

もちろん、マイとメイからの返事はない。俺はマイとメイを脇に抱えて、ふたりの私室へと向かった。

ふたりとも、すごく軽い。精霊だから、人化してもこんなもんなのか？

マイたちの部屋につき、それぞれベッドに優しく寝かせた。

ふたりの容態は安定している。おそらく今は、力を得て身体が徐々に作り変わっている最中なのだろう。

残念だけど、ふたりも俺のチャーハンはお預けだな。

ゆっくり身体を休めて、いずれ新たな精霊王として俺を支えてほしい。

さて、あとひとりか。

俺はメルディの部屋へと移動を始めた。


最後のひとり、メルディを呼びに来た。

「メルディ。入る──」

「チャーハンの匂いにゃ！」

扉をノックしようとしたら、勢いよくメルディが飛び出してきた。

さすが、獣人族。俺に付いた極僅かなチャーハンの匂いを、部屋の中から嗅ぎとったらしい。

「チャーハン、できたのかにゃ？」

「あ、あぁ」

俺の執事姿を見ても何も言ってこない。

こいつ、チャーハンにしか興味ないのか？

まぁ、それならそれでいいか。

そういえばメルディは、俺に執事姿になってほしいって望んでなかったしな。

「いっぱい作ったぞ。食堂、行ける？」

「今すぐ行くにゃ！」

尻尾をピンと縦に伸ばすメルディを従えて、俺は食堂へ向かう。六人を呼びに行くだけで、かなりの時間を使ってしまった。しかも、集まったのは三人だけ。

執事って、大変だ。


食堂に着くと、ティナとリファが席に座っていた。

「お待たせいたしました。今すぐ用意いたします」

「はい、お願いします」

「ふふふ。ハルトさんに給仕してもらうのって新鮮ですね」

「ハルト。はやくはやくー!!」

メルディに急かされ、俺はキッチンへ。

チャーハンと中華スープっぽいのを作っていたが、どちらもまだ盛り付けてない。俺はそれらを温めなおして盛り付け、みんなの所へ運んだ。ちなみに俺の屋敷には、ペット（？）がいる。俺が魔力放出の速度を上げる訓練をしていた時に出会った神獣、フェンリルのシロだ。シロは既に俺の作ったチャーハンを食べ終わり、今は応接室で寝ている。

「一度冷めてしまったのを温め直したのですが……いかがですか？」

「うまいにゃ！」

「ええ、すごく美味しいです。ハルト様」

「私この味、大好きです！」

良かった。三人とも喜んでくれた。

「ハルト、おかわり欲しいにゃ」

「はいはい。いっぱいあるからな」

そう言ってメルディから皿を受け取り、チャーハンをよそいに行く。今日の給仕は俺の仕事だ。ちなみにメルディの相手をするときは、執事モードじゃない。

「はい、メルディ」

「ありがとにゃ！」

「ハルト様、ヨウコさんやマイさんたちはどうされたのですか？　既にこうして、ご飯を食べ始めちゃいましたが……」

メルディにおかわりの皿を渡すと、ティナが聞いてきた。

「皆様、少しお疲れのようです。それぞれのお部屋で、休んでいらっしゃいますよ」

うん、嘘は言ってない。

「そうですか。今日はヨウコさんたち、接客を頑張ってくださいましたからね」

ティナは信じてくれた。

「えぇ。お目覚めになりましたら、お食事を用意します。それより、ティナお嬢様。おかわりはいかがですか？」

「欲しいです」

「私もお願いします！」

「はい、かしこまりました」

ティナとリファの皿を受け取って、おかわりをよそいに行く。

「――ん？」

屋敷の呼び鈴が鳴らされた。サーシャが来たのかもしれない。俺はティナたちに食事を出して、玄関の方へ向かう。

あっ、執事姿のままだ……。まぁ、いっか。


「お待たせしま――えっ⁉」

玄関を開けると、そこには黒焦げの鎧を纏った俺の兄カインが立っていた。

「ハ、ハルト……。お前の魔法、ヤバすぎ」

そう言ってカインは倒れた。

「えっ、ちょっと！　兄さん⁉」

鎧は真っ黒焦げだが、身体の怪我はあまり無さそうだ。だが、体力はかなり削られている様子。とりあえず回復魔法を重ねがけしてやる。

「……あの」

倒れたカインの後ろにこの国の王の妹、サーシャが立っていた。

「サーシャ様。兄に何があったのですか？」

カインがこうなった事情を知っているであろうサーシャに尋ねる。

「私は夕方、お城をこっそり抜け出して、ここに来ようとしていたのですが……。どうやらカインさんが護衛のため、私についてきていたようなのです」

おそらくサーシャが城を抜け出したことに、グレンデール王が気づいたのだろう。それで自身が一番信頼するカインに、その尾行と護衛を命じたんだ。

「私が王都を出た時、カイン様が私に話しかけてきました。私がそれに驚いてしまって――」

そう言ってサーシャがブレスレットを見せてきた。俺がサーシャにあげたものだ。これには俺の魔法、炎の騎士を入れていたのだが、それがなくなっている。

つまり、炎の騎士がカインを敵と見なし、サーシャを守るためにカインに襲いかかったんだ。

そしてカインは、炎の騎士を倒したらしい。

あれを倒すとは……。さすが俺の兄だ。

それから炎の騎士は、制御がまだまだ不完全だな。

相手がカインだったから良かった。もし普通の盗賊とかだったら、今頃サーシャの目の前で惨殺されて、サーシャにトラウマを植え付けていたかもしれない。

「お、おい、ハルト。なんか今、失礼なこと考えてなかったか？」

カインが復活した。

「兄さん、気が付いたんだ。身体は平気？」

「今は大丈夫。ハルトが回復魔法をかけてくれたんだろ？　ありがとな」

「良いよ。兄さんの火傷の原因は、俺だしね」

「やっぱりあれは、お前の魔法なんだな？　てかあれ、ヤバくないか？　スキル《超直感》全開で、肉体強化魔法も使って全力の俺が、ギリギリ勝てるレベルって……」

リューシンたちが魔人に襲われた時、魔人は苦戦しながらも一体の炎の騎士を倒している。つまり、カインも魔人と同等の力を持っていることになる。この世界の人間としては十分、バケモノ級であると言えるだろう。

「ちなみにハルト、お前はあの炎の騎士を同時に何体出せるんだ？」

「同時？　同時なら十体かな」

「なっ!?　あ、あれを十体だと!?」

同時に出せるのは十体くらい。

時間をかけてもいいなら、一万はいける。実際に俺は、アプリストスとの戦争の際にそれくらいを創り出して、動かしていたのだから。また、一体一体がオートで動くので、明確な目的さえ持たせておけば、もっと大多数でも運用できるかもしれない。

「とりあえず、中へどうぞ」

玄関で立ち話もなんなので、サーシャを屋敷の中へ招く。しかしカインは固まっていた。

「にーさーん。復活したら中に入ってきてね」

俺はカインを玄関に放置し、サーシャを応接室まで案内することにした。

サーシャ、チャーハン食べるかな？


「こ、これ……。すごくおいしいです！」

「なぁ、ハルト。あとでコレの作り方、教えてくれ」

サーシャとカインに俺の作ったチャーハンを出したら、大好評だった。

「サーシャ様、お口に合ったようで光栄です。兄さんには、帰るときにレシピ渡すね」

「私もこれの作り方、教えて欲しいです」

「サーシャ様もですね。かしこまりました。お帰りの際にレシピを――」

「わ、私はお城で、キッチンに入れてもらえないのです。ですから、もしよろしければここで練習させてほしいです！」

真剣な目で訴えられた。病弱だったサーシャに危ないことをさせまいと、彼女の兄であるジル＝グレンデールが、サーシャがキッチンに入るのを禁止したらしい。

まったく料理をしたことがないという彼女に、チャーハンが作れるようになるまで指導するのって、かなり時間がかかるんじゃないかな？

俺としてはその程度なら大丈夫なのだけど、サーシャがこの国の王族であることが問題だった。おそらく彼女は、完璧な料理ができるようになるまで、この屋敷に通うだろう。そんな強い意思が、彼女の目から見て取れる。

サーシャがここに来るということは、彼女の護衛も俺の屋敷に来るということ。今回はカインがひとりでここに来たけど彼は本来、国王陛下の親衛隊長だ。今後もサーシャがうちに来るのであれば、五人程度の護衛がついてくる。

あまり知らないヒトを屋敷に入れるのが少し嫌だというのと、もうひとつ理由がある。

ティナやリファが、サーシャと話す俺をずっと睨んでいるんだ。なんだろう……。浮気を疑われている感じかな。

そもそも俺は、ブレスレットの件でみんなに怒られたばかりだ。だから易々とサーシャに料理を教える約束をすることができない。どうしようかと悩んでいると、ティナが俺たちのそばまでやってきた。

「サーシャ様。私の主人のチャーハンは、見た目はシンプルですが、調理の過程でいろんな技術が必要になります。一から学ぼうとすると、とても時間がかかってしまいます」

主人という単語が協調されていた気がする。

「そこで提案です。私が王城まで出向いて、サーシャ様にお料理をお教えするのはどうでしょうか？　私は〈メイド（極）〉というスキルがありますので、料理の先生としては適任のはずです。また、陛下とも知り合いですから、サーシャ様に料理を学んでいただけるよう、私が交渉いたしましょう」

ティナなりに、俺とサーシャが近づかないようにしたかったのかもしれない。最終的には俺がサーシャにチャーハンの作り方を教えることになるかもしれないのだけど、俺との接触は最低限に抑えられる。

「い、いいのですか!?　英雄であるティナ様にお料理を教えていただけるなんて……。す、すごく光栄です！」

サーシャはそれでも問題ないようだ。俺に料理を教わりたいというより、純粋に料理に興味を持ち始めた様子。結局、ティナの提案が採用されることになった。


翌日、学園祭二日目。

「そんなことがあったのか……。ティナよ、ナイスじゃ」

サーシャが俺の屋敷に頻繁に来ることを防いだとして、ヨウコがティナを褒める。

「「ハルト様のチャーハン、食べたかったです……」」

マイとメイは昨晩、起きてくることができなかった。精霊王クラスの魔力を身体に馴染ませるのに、時間がかかってしまったようだ。しかしその甲斐あって、彼女たちが内包する力は今、とても安定している。

「マイさんとメイさん。その……。少し、成長しました？」

「リファも気付いたか。我もそう思うのじゃ」

外見はあまり変化していないのだが、存在の格が上がっていることをリファやヨウコが気付いていた。

「晩御飯を食べに来ませんでしたけど、ヨウコさんとマイさん、メイさんは昨晩、本当に寝ていたのですか？」

「そ、それは――」

「「は、はい。私たちは、寝ていました」」

三人は昨日のことを思い出したようで頬を赤くしながら、ティナの質問を誤魔化した。俺としても、昨晩のことをあまり聞かれてしまうのはマズい気がする。

「みんな、そろそろ開店の時間だよ！」

少し強引に会話を終了させ、裏方待機と決まっているティナを喫茶店のキッチンまで背中を押していった。


二日目となるメイド&執事喫茶も順調だった。クラスメイトたちはみんな接客に慣れてきていて、昨日よりメイドや執事になり切っていた。それが、ちょっとした問題を引き起こす。

「ルーク、今日はありがとう。たのしかったわ」

「お楽しみいただけたようでなによりです」

お嬢様になったつもりの女子学生が差し出した手の甲に、ルークがキスをしたんだ。

お、おい！　やり過ぎだ!!

部外者であるはずの俺が慌ててしまう。なぜなら――

ガシャンと音がする。俺が接客していた女の子がカップを落としてしまい、カップが割れた。

実はこの女の子、ルークの彼女であるリエルだ。

彼女は俺の妻リファの紹介で、ルークと付き合うことになったらしい。リエルにこの学園祭をルークと楽しんで欲しいと考えたリファが、リエルをこの学園に呼んだ。

そのリエルが——まだルークと付き合ったばかりで、ほとんどデートもしていないという彼女が、彼氏《ルーク》が自分以外の女性にキスをするのを見てしまった。かなりショックを受けたようで、リエルは俺にお金を押し付けると、早足でお店を出ていった。

最初はルークに接客してもらうための列に並んでいたリエルだったが、あまりの人気ぶりに彼がどんな接客をしているか気になり、一般客の列に並び素性を隠して入店したようだ。

偶然俺が接客することになったのだけど、彼女は常にルークのことを気にしていた。リエルがここに来たことを秘密にしてほしいというので、俺は彼女の希望に従った。そうしたら、ルークがやらかしたのだ。

彼はリファに、さっき出ていったのがリエルであることを伝えられると、顔を青くして彼女を追いかけていった。

稼ぎ頭がいなくなってしまったわけだが、今リエルを追いかけなくては大変なことになる。

はぁ……。仕方ないか。

勝手に仕事を放棄した分、この学園祭で得た利益の分配を、ルークの分は少なめにしてしまおう。今から俺は、彼を指名していた女性たちへの謝罪対応に追われる。だからそれくらいは許せよって話。

リエルがすこくいい子だっていうのは、リファの話を聞いて知っていた。それに、せっかくできた彼女なんだ。ぜったいに手放すな。土下座でもなんでもして、赦してもらえ。頑張れよ、親友《ルーク》。

――＊＊＊――

学園祭三日目。

今日は俺たちも、学園祭を見て回ることになっている。

ちなみにルークは、リエルと仲直りできたらしい。昨日、中央街の広場で美女エルフにイケメン執事がキスをしていたという噂が、学園中で囁かれていた。たぶんふたりのことなんだろうけど……。ルークもリエルも、それに関しては顔を真っ赤にするだけで、何も答えてくれなかった。

まぁ、俺の親友が彼女と仲直りできたみたいで良かった。

午前はふたりきりで学園祭を回っていたリエルとルークも、午後は俺たちに合流した。

「ルークさん。あーん」

屋台で購入した食べ物を、リエルがルークに食べさせている。

「ありがと、リエル」

昨日の件で耐性がついたのか、ふたりは俺たちの目を気にせずイチャつくようになった。俺らと合流せずに、ふたりでやってればよくね？　などと少しモヤモヤしていると――

「ハルト様。あーん」

「ハルトさん。私のも！」

「我のもどうじゃ？」

「「ハルト様。あーん」」

五方向から、いろんな食べ物が差し出された。

「あ、ありがと」

そんな様子を見ていた他のクラスメイトたちも、それぞれ真似をする。

「ルナ。はい、あーん」

「あーん」

メルディがルナに、オクト焼きを食べさせていた。

「んー！　おいしー!!　メルディさん、私のもどうぞ」

美少女のルナと、活発で可愛い猫獣人のメルディがイチャついているのは、なんかいい感じ。

その様子を、少し離れた場所から見ていた男がいた。

「ほら、リュカ。あ――」

「ふ、ふざけないで!!」

「ぐふっ!?」

リュカに『あーん』をしようとしたリューシンが、赤面したリュカから綺麗な一撃を鳩尾《みぞおち》に喰らっていた。ドラゴノイドであり、身体が非常に頑丈なリューシン。しかし完全に油断していた彼は、同じくドラゴノイドであるリュカの攻撃に耐えることができなかった。

その場に崩れ落ちるリューシン。彼が落としそうになったオクト焼きをリュカがキャッチして、ひとりで食べ始めた。

「もう。何考えてるのよ……。あっ、これ美味しい！」

「そ、それ、俺が買ったやつ」

リューシンがリュカを見上げながらそう呟くが、彼女はそんなことを気にせず残っていたオクト焼きを全部食べてしまった。

哀れ、リューシン！　そういえば、リュカとリューシンっていつも一緒にいるけど、ふたりは付き合ってたりするのかな？

そんな感じで俺たちは、学園祭を楽しんだ。

実はこの時、異国の王が魔人の呪いによって倒れて、その国は大変なことになっていたらしい。そして俺たちもそれに巻き込まれていくのだけど――そんなこと、この時点では分かるはずもなかったんだ。

02
獣人の王国

LEVEL 1 NO SAIKYO KENJYA

「それでは特別講義を始める。本日の講義内容は『古代魔法』と『禁忌魔法』についてだ」

俺たちのクラスは全員が無事に進級し、イフルス魔法学園の二年生になった。

そして始業式の翌日から、昨年のようにこの魔法学園の長である賢者ルアーノの授業を受けていた。その授業は、すごくためになる。学園長は、俺が知らなかった魔法の知識をどんどん教えてくれるんだ。でも――

「学園長先生。特別講義とはいえ、禁忌魔法まで教えていただいて大丈夫なんですか？」

使っちゃダメだから、禁忌魔法なんじゃないのか？

「何も禁忌魔法を使えと言うのではない。ただお前たちには、そうした魔法がこの世界にあるということを知っておいてほしいのだ」

賢者ルアーノは、このクラスにいる俺たちがこれからの時代を担うべき者だと考えてくれているみたい。だからこそ、己の魔法の知識の全てを託すと言ってくれた。古代魔法や禁忌魔法を俺たちに使えというのではなく、それらを使って悪事を働こうとする者を止めるために必要な知識として身に付けておいてほしいのだとか。

「存在すら知らなければ、どうしようもない。しかし知っておくことで、それに対処できる禁忌魔法もある。知識はどれだけあっても、無駄になることはない」

なるほど。そういうことなら、ちゃんと学ばなくては。

「ちなみにハルト。お前が以前見せたフレイムナイトだが……。アレは一応、禁忌魔法だ」

「えっ!?」

俺がもっとも多用する魔法『炎の騎士』。これは以前、ヨウコがフレイムナイトという魔法だと教えてくれた。学園長は、このフレイムナイトが禁忌魔法だという。

「ほれ。これを見ろ」

学園長が持ってきてくれた『古代魔法・禁忌魔法大全』という禁書。そこには確かに、俺の炎の騎士とそっくりな魔法が記載されていた。

フレイムナイトが禁忌魔法とされる理由としてはまず、使用する魔力量が膨大で、個人で無理に発動させようとすると確実に魔力切れを起こす。また、意思を持って自動で動く魔法は最悪の場合暴走する可能性があるため、基本的には禁忌魔法とされているらしい。

「とはいえ、ハルトは賢者だ。使用しても咎められることはない」

フレイムナイトは現在、魔法系の三次職以外の者は使用を禁止されていた。学園長が言うように、三次職の賢者である俺なら使っても問題はないらしい。

職業による制限しかなくて良かった。古代魔法・禁忌魔法大全の他のページには、レベルによる使用制限を設けられている魔法もあった。俺は賢者だけど、レベル1だから……。

炎の騎士は俺が考案し、オリジナルの魔法だと思って使っていたが、同じようなことをした賢者が過去にいたらしい。だが、禁忌魔法のフレイムナイトは数体で連携することもなければ、勝てない敵と遭遇した時に自爆して少しでも敵にダメージを与えようとする機能もない。さらに俺の炎の騎士は、体表に雷魔法をコーティングし、本来の弱点である水魔法で攻撃されても弱るどころか逆に強くなる。この辺は俺のオリジナルと言ってもいいのではないだろうか？

ちなみに炎の騎士が暴走した時、それを止めるための手段として俺が考案した真空空間を作り出す魔法――こちらは古代魔法とされていた。なんでも遥か昔、転移勇者のひとりが大火災を止めるために使用したのだとか。やっぱり転移や転生してきた奴らって、考えることはだいたい同じなんだな。

ついでに、もうひとつ気付いたことがある。元の世界でも真空って概念ができたのは、せいぜい数百年前くらいなはず。しかし、こちらの世界で転移勇者が真空魔法を使ったのは数千年前のことだ。もしかしたら元の世界とこっちの世界は、時間の流れが違うのかもしれない。

もしくは、この世界の神様が異世界人を転移や転生させるときに、世界の時間を弄ってる可能性もあるか……。どちらにせよ、時間軸がズレていることは間違いないと思う。今から百年前にこの世界に来ていた守護の勇者たちが、割と近代の技術を伝えていたようだから。

「どうしたハルト。そんな思いつめた顔して」

「えっ。あ、あぁ。すみません。少し考え事をしていました」

「そうか。分からないことがあれば、なんでも聞くように。儂が知っていることであれば、どんなことでも答えてやろう」

「はい！　ありがとうございます」

そんな感じで賢者ルアーノの授業を受けている時、教室の窓から一羽の赤い鳥が入ってきた。

レターバードという手紙を運んでくれる鳥だ。手紙を届けたいヒトの魔力を覚えさせることで、そのヒトのもとまで手紙を運ぶ。またレターバードは、その色で能力が変わる。普通の手紙を運ぶのは緑色。魔物に襲われて手紙が届かないことがあるので、数羽に同じ内容の手紙を持たせて飛ばすことが一般的だ。緊急の手紙を運ぶレターバードは黄色。緑色のやつより飛行速度が速く、そして強い。一羽飛ばせば大体ちゃんと手紙が届くし、早く連絡することができるのだが、手紙を送るための費用が高い。

そして俺たちの教室に入ってきた赤色のレターバード。これは王族専用だ。稀に貴族が多額の寄付金を国に納めることを条件に使用することもある。その赤いレターバードが猫系獣人の女の子、メルディの席に着地した。

も、もしかしてメルディって……王族なの？

メルディはレターバードの足に括りつけられた手紙を取り外し、それを開いた。

手紙を読むメルディの表情が、次第に曇っていく。

「学園長先生、ティナ先生。しばらく学園をお休みしてもいいかにゃ？」

「ん、どうしたのだ？」

「何かあったのですか？」

「えっと……。父が危篤みたいなので、国に帰りたいにゃ」

メルディが言うには、父親が危篤なので帰国するようにと、手紙に書いてあったらしい。彼女の故郷、獣人の国ベスティエはここグレンデールから馬車で二十日の距離にある。同じ大陸にある国なので船に乗る必要はないが、かなりの距離があった。もし、メルディが馬車で国に帰るのであれば最低四十日は学園に戻ってこられない。

「この学園は定期試験さえクリアすれば、授業は出なくても構わん。学園を休んでも問題ないが、もっと良い方法があるぞ？」

「どういうことですかにゃ？」

「年に一回義務付けておる、どこかの国に一ヶ月滞在する学園外授業。その行き先を、お主の国にすれば良いのだ」

この学園には一年に一度国外に出て、そこで一ヶ月間過ごさなくてはならないというルールがある。そしてそれはいつ、どこに行くかは各クラスで決めていいことになっていた。

「で、でも、往復だけで一ヶ月以上かかっちゃうにゃ……」

やっぱりメルディは、馬車で帰るつもりだったようだ。

親が危篤なんだろ？　そんな時くらい、俺を頼れよ。

「俺の――」

「ハルトの転移魔法で、サッと帰ってしまえば良いじゃろ」

俺が言おうとしていたことを、学園長に言われてしまった。

くそぅ。かっこ付けたかったのに。

「ハ、ハルト。お願いしても、いいかにゃ？」

メルディが物凄く申し訳なさそうに聞いてくる。普段、ピンと上向きに立っている猫耳がペタンと折れて元気がない。そして彼女は涙目だった。

か、かわいい……。子猫を見た時のように、庇護欲が掻き立てられる。

ちなみに俺は、子猫が大好き。

「もちろん！　ベスティエには行ったことがあるから、今すぐでも行けるよ」

俺は自分で開発した転移魔法が使えるのだが、本物の転移魔法とは違い転移先にあらかじめマーカーとなる魔法陣を設置しておく必要がある。だから俺は転移魔法を覚えて以来、ティナの飛行魔法でいろんな場所に連れていってもらい、同じ大陸にある国には転移用の魔法陣を設置していた。今回のように何かがあった時、すぐに転移魔法を使えるようにするためだ。

「ハルト、ありがとにゃ！」

メルディが抱きついてきた。余程嬉しいのか、俺の頬をぺろぺろ舐める。

猫か!?　――って、猫だったわ。

「どうする？　とりあえず今すぐベスティエまで行って、必要があれば荷物とかを取りに来る感じでいい？」

父親が危篤なんだ。行けるのなら今すぐに行った方がいい。

「それでいいにゃ。お願いするにゃ！」

「うん。それじゃまず、メルディだけ連れてくよ。後でみんなを迎えにくるから」

ティナたちにそう告げた。

「承知いたしました。いつでも出られるよう、旅の支度をしておきますね」

「メルディさん。お父様が無事に回復なさるようお祈りしています」

「ルナ。ありがとにゃ」

「よし。それじゃあ、行こうか」

俺はメルディの手を握り、獣人の国ベスティエに転移した。

彼女の掌にある、大きな肉球の感触を楽しみながら。


――＊＊＊――


転移の魔法陣はなるべく王都に近く、なおかつ人目に付きにくい場所に設置してある。その方が転移先の国の各地へ移動したりする時に、都合がいいからだ。またこの世界で転移が使えるのは、異世界からやってきた勇者や精霊王、ダンジョンマスターといった上位の存在のみ。俺が転移魔法を使えるってバレると騒ぎになってしまうので、知人以外に見られている場所では緊急時以外、転移をしないようにしている。

また、転移先の魔法陣には周囲に人間が居ないか検知する魔法も組み込んである。その情報を読み取り、俺は転移先に誰もいないことを確認して、転移したのだけど――

「な、何者だ貴様ら!?」

俺たちの後ろから声が聞こえた。

まずい！　だ、誰かいたのか!?

振り返ると、左右の側頭部に一本ずつの大きな角を持つ、褐色の肌をした男が俺たちを睨みつけていた。その男は手足や鼻、耳に狐の獣人の様な特徴があった。

「ハルト。なんかこいつ、嫌な感じがするにゃ」

少なくともこの男は、メルディの知り合いではなさそうだ。

「えっと……誰？」

「俺が聞いているのだ！　それに貴様、ここに転移してきたな？」

うわぁ、やっぱり転移したのを見られていたみたい。

どうしよう？　外見は少し獣人っぽいんだけど……。でも、ヒトじゃない感じがする。

転移魔法陣に組み込んだのはヒトが持つ特有の魔力の波長を検知するもの。だから動物や魔物などは検知できない。誰も居ないと思って転移した結果、このヒトではない何者かに見られてしまった。

襲われたりしたわけじゃないし、さすがに口封じはしちゃダメだよね？　黙っててほしいってお願いしたら、聞いてくれるかな？　なんか見た目は悪い奴っぽいし、いっそ襲いかかってきてくれた方が俺としては都合がいいんだけど……。

「おい、この俺を無視する気か？」

少し考え事していたら男がかなりご立腹のご様子。

「いえ、そんなつもりは――」

「ふん、まぁいい。転移が使えようと、所詮ただの人族。俺がここに居るのを見られたのだ……。だからその命、貰い受ける」

そう言って、男がいきなり襲いかかってきた。

「アイスランス！」

「――っ!?」

襲われたので、とりあえず動きを封じておく。実は会話を始めた時には既に、魔力を放出して魔法の準備をしていた。そのため、魔法の発動に要した時間は一瞬だった。

俺の目の十センチほど前に、男の鋭い爪が止まっている。男の四肢は、空間に現れた無数の氷の槍によって完全に固定されていた。

「な、なんだこれは!?　くそっ！　こんなもの!!」

男が氷を壊そうとするが、ビクともしない。

「なぜだ！　なぜ魔人となった俺が、こんな氷を壊せない!?」

へぇ、こいつ魔人なんだ。

一言に魔人と言っても色んな外見の奴がいるようで、このタイプの魔人は初めて見た。

俺はこれまでに、複数体の魔人や悪魔を倒してきた。そして個体差はあれど、そのすべてから邪神の気配を感じたんだ。悪魔や魔人は、邪神の力によって生み出されるから。でもこの自称魔人からは、ほとんどそれを感じなかった。

魔人となった――って言ってたから、もしかしてヒトが何らかの事情で『魔落ち』して、魔人になったってことかな？

「ハルト。このヒト、どうするにゃ？」

俺の後ろに隠れていたメルディが聞いてきた。自称魔人の男はまだ暴れているが、俺の氷の槍による拘束は解けそうにない。見た目は細くて簡単に折れそうな氷の槍は、一本あたり一万の魔力をつぎ込んで発動した魔法だ。悪魔であっても、そう易々と破壊はできないはず。

なんで襲いかかってきたのかとか聞きたいけど、今はメルディィの父親の所に急がなきゃいけない。そんなわけで——


「アイスランス!!」


自称魔人を巨大な氷柱に閉じ込めた。魔人なら、この程度で死にはしないだろう。メルディィの用が済んで時間ができたら、氷から出して事情を聞くことにしよう。

「コイツはここに放置して、メルディィの父親の所に行こうか」

「わ、分かったにゃ」

俺はメルディィと一緒に王都へ向かった。


——＊＊＊——


「ハルトに言わなきゃいけないことがあるにゃ」

「ん？　何？」

ベスティエの王都に入るための門に近づいてきた時、メルディィが話しかけてきた。

「実はウチ、家出みたいな感じでこの国を飛び出してきたにゃ。国籍も、消されてるかも……。だから、せっかく連れてきてくれたけど、ウチは王都には入れないかもしれないにゃ」

「そ、そうなの？」

ベスティエ国内に入るのに、特に制限はない。しかし王都に入ることができるのはベスティエの国籍を持つ獣人や、国に認められた者だけと定められているそうだ。

「でも、お父様にはなんとしてでも会いたいにゃ。だ、だからウチが国に入れてもらえなかったら……。王都に侵入するのを、手伝ってほしいにゃ」

えっと。それって、犯罪なのでは？

「もし捕まっちゃったら、ハルトだけは転移で逃げていいにゃ。ウチは捕まっても、絶対にハルトのことを言わないにゃ」

真剣な目で訴えられた。相当な覚悟があるようで、もし俺が断ったら彼女はひとりでも王都に侵入しようとするかもしれない。

「……分かった」

「あ、ありがとにゃ!!」

「でもまずは普通に交渉して、王都に入れないか確認しよう。もしかしたら、問題なく王都に入れるかもしれないからな」

家出したくらいで、国籍を消されるほどのことにはならないんじゃないかと思っていた。ただベスティエには獣人族ならではのルールがあるようなので、一概には言えない。もし本当にメルディが王都に入れなかった時は、なんとかしてあげたい。できるだけ法に触れない方法で

——そんなことを考え始めた。

――＊＊＊――


「この王都へ来た目的はなんだ？　見たところ、商人ではないな」

検問所にいた鹿の獣人の兵が、俺たちの服装と持ち物を見て商人でないと判断する。メルディはローブのフードを被って、顔を隠していた。

「観光です」

俺はそう答えた。メルディの父が倒れ、その見舞いに来たということはあまり話さないでほしいとメルディに言われていたから。赤いレターバード《王族専用の鳥》がメルディの所に来たので、何か事情があるのだろう。話せないこともあると思うので、詮索はせず、メルディの望み通りにしてやることにした。

「すまないが今、観光客は受け入れられない。王都内で、ちょっと問題があってな……。ベスティエの国籍を持つ者でも、出入りは制限されている」

取引のための商人は滞在できる時間を制限して王都に入ることを許されているが、現在は国民であっても特別な事情がなければ王都に出入りできないらしい。一般の観光客は当面入れないと、鹿の獣人が説明してくれた。

「そこをなんとかお願いしますにゃ！　どうしても、王都に入らなきゃいけないにゃ」

「……お前、獣人か？」

顔は見えないが、メルディの手と尻尾を確認した鹿の獣人が尋ねる。

「そうにゃ」

「であれば、この国の掟は知っているはずだ。どうしても自分の意思を通したい時は、その力を示せ。力を持つ者には従う――それがこの国の掟だ」

そう言って、鹿の獣人が検問の詰所にいた兵を呼び出した。

「リリア。このふたりがどうしても国に入りたいらしい。『試練』を受けさせてやれ」

「はい。それでは、私についてきてください」

リリアと呼ばれた犬の女獣人が、俺たちをどこかに案内してくれるという。メルディが素直についていこうとするので、俺もその後を追った。


――＊＊＊――


「あの的を、全力で攻撃してください」

リリアについてやってきたのは、王都をぐるっと囲む防壁の外側にある訓練所のような施設。そこの真ん中に、酷くボロボロになった円柱形状の的が設置されていた。的の直径は一メートル、高さは三メートルくらい。

「あれを壊せばいいのですか？」

「はい。ですが、魔法は使わないでくださいね。魔法を使ったかどうかは、あれで分かりますから」

リリアが指さす先を見ると、大きな水晶玉があった。改めて見るとそれは、俺たちがいる場所を囲うように複数設置されていた。

魔法なしで的を壊さなきゃいけないらしい。俺、賢者なんだけど……。しかもステータス固定の呪いのせいで、物理攻撃力は10だ。うーん、魔法じゃなくて魔力で直接身体を動かすのは大丈夫なのかな？

試しに、アルヘイム《エルフの王国》で悪魔アモンを殴った時のように、魔力で身体を強化してみる。

俺たちを取り囲む水晶玉は無反応だった。

念のため、魔法も使ってみよう。

「ファイアランス」

手元に炎の槍を出すと、水晶玉が激しく光った。

「な、何してるんですか!?　魔法はダメだって言ったでしょう!!」

リリアが焦って俺を止めに来た。

「ごめんなさい。魔法使ったらどうなるか知りたくって」

なるほど。魔力を動かしても反応はしないけど、魔法として発動してしまうと水晶玉は反応するってことだな。オッケー、把握した。

「もう……。とりあえず水晶玉は一度リセットしますが、次も同じように魔法使ったら、即失格にしますよ。良いですね？」

「ありがとうございます。分かりました」

俺は魔力で肉体を強化し、的へと歩み寄った。

柔らかい質の魔力を身に纏う。これは自分の身体を保護するためだ。俺は防御力も10で固定なので、全力で殴ったら拳が痛いかもしれない。そう言えば転生して以来、あまり痛みを感じた覚えがないので、実際はどうなのか分からないのだけど……。

さ、問題はここからだ。見るからにボロボロの的。恐らく、多くの挑戦者が的を破壊しようと挑んだのだろう。表面はボロボロだが、的はしっかりそこに立っている。かなり頑丈な造りであることが予想された。しかし、これを破壊できれば王都に入れてもらえるらしい。だから、なんとかして的を破壊しなくては。

物理攻撃力10の俺が、殴る蹴るなどの物理攻撃をする際の威力を上げるには、魔力に頼るしかなかった。フィジカルアップ《物理攻撃力上昇》やスピードアップ《攻撃速度上昇》という肉体強化魔法がある。これらは一定の魔力を消費し、呪文を詠唱することで簡単に己のステータスを上げることができる魔法だ。肉体強化魔法は腕だけ、足だけなど、身体の一部分に限って使えば消費魔力は10以下なので、俺でも使える。使うことはできる。

しかし、俺はステータス固定の呪いのせいで、肉体強化魔法を使ってもステータスが強化されることはない。つまり俺は、肉体強化魔法を使う意味が無いのだ。転生して割とすぐにこの事実に気づき、かなり落ち込んだ。強化した拳で大岩を破壊したり、速度を上昇させて元の世界で感じたことの無いようなスピードで移動したりと、やりたいことがあったんだ。

せっかく異世界に来たのだから、元の世界ではできなかったことをしたい。だから、俺は諦めなかった。そして試行錯誤するうちに、あることを発見した。

高密度に圧縮した魔力は実体をもつ。更に圧縮の仕方によって、硬度も調整可能だった。その実体をもつ魔力も、元の魔力と同じように自分の意思で操作できるのだ。このことに気づいてからは早かった。

パワードスーツを着たヒーローが活躍する映画を見ていたおかげで、簡単にイメージすることができた。そんでもってこの世界では、イメージできるものは大体魔力で再現できる。

俺は魔力で、パワードスーツを作った。これは俺の身体の動きを補助し、パワーとスピードを補ってくれるもの。物理攻撃力10の俺では到底できない攻撃を繰り出せるようになるのだ。

俺はこのパワードスーツを『魔衣《まい》』と呼んでいる。ちなみにこの純粋な魔力だけの魔衣に、火や水などの属性を与えてやると、更に能力が強化される。火の属性を与えれば、攻撃にも防御にも優れた炎の鎧を纏うこともできる。雷と風の属性を与えれば、神速で行動できる疾風迅雷の魔衣となる。

でもそれらをやると、恐らく水晶玉が反応してしまうので今回は止めておく。ノーマルの魔衣だけなら無色透明で、魔視ができなければ気づかれることは無い。チャンスは一回だけらしいので、念のために攻撃用の魔衣をなるべく厚くしておこう。

俺は防御用の柔らかい魔衣の上に、攻撃用の硬い魔衣を纏った。魔衣頼りの攻撃でも、そこそこのパワーは出せるが、的を壊せなければ意味が無い。だから、俺ができる全力を出す。

前世で動画投稿サイトを見て、無駄に何度も練習した『強いパンチを打つ方法』を実践することにした。多分、俺と同じようにパンチの練習をしたことのある男子は結構いるはずだ。

……い、いるよね？

俺は的の正面に立ち、肩幅くらいに足を開いて、利き腕側の足を半歩後ろへ引いた。

半身の状態で顔だけ正面の的に向く。

すぅーっと、息を吐く。

力を抜いて拳の指は軽く握る。

後ろ足のかかとは浮かして、膝を柔らかく保つ。

魔衣の状態を確認した。

全身に高密度の魔力が行き渡っている。

――よし、いける！

地面を蹴るようにして、後ろの足のつま先を軸にし、かかとを外に回す。

かかとを外に回しながら、膝をやや内股にして腰に回転を伝える。

腰の回転と共に肩に回転を伝え、腕を前に押し出すように拳を突き出した。

その拳に乗せるように、全身の魔力を拳に移動させる。

前の足でブレーキを掛け、体重と魔力を全て乗せた拳を――

「せいっ!!」

的に叩き込んだ。

俺が殴った的は、破片を撒き散らしながら吹っ飛んでいった。

しかし残念ながら、訓練所の外まで吹き飛ばすには至っていない。

もう少しタメをつくっても良かったか……。まぁ、壊せたのだから良いだろう。

「――なっ。えっ、はぁ!?」

後ろを振り向くと、リリアが口を大きく開けて固まっていた。

「ハルトって、物理攻撃もヤバかったのかにゃ……。まぁ今更、この程度で驚かないけどにゃ」

メルディは少し呆れたように、俺に話しかけてくる。

ちょっとは驚いてほしい。俺、頑張ったのだから。

「どうした！　何があった!?　――って、不倒ノ的《たおれずのまと》が倒されている!?」

検問所にいた鹿の獣人がやってきた。大きな破壊音がしたので、様子を見にきたようだ。そして俺が破壊した的を見て驚く。

そうそう！　こういう反応が良いよね!!

「こ、これはもしや、お前がやったのか!?」

「えぇ。的を壊せって試練ですよね？　ちゃんと壊せましたよ」

「魔法は？　魔法は使ってないのか？　おい、どうだった!?」

鹿の獣人がリリアに詰め寄る。

「わ、私が見る限り魔法を使った素振りはありませんでした。それに今確認しましたが、魔法検知の水晶には僅かな魔法の波動も記録されていませんでした」

おぉ、良かった。やはり魔法検知の水晶とやらは、ノーマルな魔衣には反応しないらしい。

「それで俺は、王都に入れてもらえるんですか？」

「は、はい！　入っていただいて問題ありません。不倒ノ的を、倒したのですから」

鹿の獣人が、急に恭しい態度になった。

「貴方様はこれより、ベスティエの客人となります。ご要望があれば、なんなりとお申し付けください」

「なんでも良いのですか？　なら、この子も一緒に王都に入れてほしいのですけど」

メルディは魔法で強化した肉体で強力な攻撃を放てる。しかし、この的を壊す試練では魔法を使えない。もちろん、魔法無しでもメルディは強い。ただ、魔法無しであの的を壊せるレベルかと言うと、ちょっと怪しい。

「畏まりました。その程度でしたら、問題ありません」

大丈夫だそうだ。良かった。

「ありがとうございます。それから……えっと、リリアさん？」

「は、はい。リリアです！　なんでしょうか？」

リリアに話しかけたら、なぜかテンションが非常に高い。可愛らしい尻尾を左右に振りながら、俺のすぐそばまで来てくれた。

「俺が破壊しちゃった的の片付けとか、大丈夫ですか？」

彼女がここの管理を任されているようなので、もしかしたらリリアがひとりで後片付けをやらされるのではないかと心配になった。

「大丈夫です。あとで仲間を応援に呼びますから」

「そうなんですね」

「はい！　お気遣いいただき、ありがとうございます」

リリアは問題ないと言うが、俺が破壊した的の残骸はこの施設の広範囲に散らばっていた。

もし次があれば、もっと片付けが簡単になるようにしよう。次があれば――だけど。

「それではハルト様。お連れの方も、こちらへどうぞ」

「はい。よろしくお願いします」

こうして俺とメルディは鹿の獣人に連れられ、無事に王都内に入ることができたのだ。


――＊＊＊――


検問所の責任者だという鹿の獣人の案内で、ベスティエの王都を歩く。まだ昼だというのに、出歩いている人をあまり見かけなかった。営業しているお店もほとんどない。ここは王都だというのに、なんだかすごく寂しい感じがした。

「ここは、いつもこんな感じなんですか？」

「いえ。普段はもっと、活気に溢れています。実は……。この国は一ヶ月ほど前、魔人に襲われたのです」

「魔人に？」

鹿の獣人の話では、国軍が訓練していた所に魔人が突然やってきて、その中隊を壊滅させたのだと言う。その魔人はこの国の王と、獣王兵というこの国最強の十人の獣人がなんとか撃退したらしい。しかし魔人が撤退する際に獣人王に呪いをかけ、そのせいで王は起き上がることもできない状態になってしまったのだとか。

「魔人の攻撃で、国軍所属だった多くの者が亡くなりました。そして、生き残った者も酷い怪我を負い、今も治療が続けられています」

「そ、そうなんですか」

この世界にはテレビや新聞がない。つまり他国の情報は、人伝でなければほとんど入ってこない。各国の王たちは独自の情報網を持っていて、他国の情報を得たりしているらしいのだが、それでも情報にはタイムラグがあるし、その情報は一般人に伝えられることはない。魔人によって多くの獣人が殺されたというのに、俺はそのことを全く知らなかったのだ。

知らない、気付けないということに少し恐怖を感じる。これは獣人の国で起きたことで、俺には関係ないと言ってしまえばそれまでだ。しかしこれがもし、グレンデールで起きたとしたらどうだろう？

大切な家族が危険に晒されているのに、俺はそれに気付けない。ティナやリファ、ヨウコたち。それに俺の両親や兄姉に何かが起きていても、俺は対処できないんだ。危険を察知することさえできれば、転移魔法ですぐに駆け付けることもできるが……。

とりあえず今、エルノール家のみんなは揃ってイフルス魔法学園に居て、側には賢者ルアーノがいる。そして全員に、守護のブレスレットを渡してあるので、たとえベスティエを襲った魔人がグレンデールを攻めたとしても、誰かが傷つくことはないと思う。俺の両親や兄姉たちもみんな強いから、心配のしすぎかもしれない。

ただ……。もしもの事態を想定すると、俺は他国であってもリアルタイムに情報を入手できる方法を検討すべきだと考えた。

それから俺は、もうひとつ気になっていたことを鹿の獣人に尋ねる。

「魔人の襲来は一ヶ月ほど前だと言われましたが、その魔人はどうなったのですか？」

「分かりません。王の攻撃で腹に大きな穴を開けた、ということは聞きましたが……。トドメを刺すには至らなかったようです。もしかしたら回復し、今にもここへ攻めてくるかも知れません。ですからその警戒のため、国民は基本的に屋内待機となっています」

そうか。それで王都の大通りだというのに、人が少ないのか。

この国を襲った魔人が、俺たちを襲ってきた魔人なのでは——と思っていたが、どうやら違うらしい。俺が捕獲した魔人は、腹に穴なんて開いてなかった。とすると、この国のそばには二体も魔人がいたことになる。

人族と比べ、獣人は身体能力が格段に高い。更にその中でも最強と言われる者たちが束になっても倒すまでに至らなかった魔人が、まだ近くに潜んでいるのかもしれない。

警戒しておいた方が良いな。

俺はこっそり魔力を放出して、いくつかの魔法を発動した。


――＊＊＊――


しばらく歩いて王城に着いた。エルフの国アルヘイムの王城が優美な城であったのに対して、この国の王城は無骨で実用性に富んだ造りをしていた。ここで鹿の獣人と別れた。王城に入るにはまた別の審査があり、王都の検問所責任者である鹿の獣人でも力になれないという。

「何者だ？」

門番をしていた狼の獣人に止められた。さすがにこの非常時に王城まで来ておいて、観光ですとは言えない。後ろにいたメルディを見る。

「うん。ここからはウチがお願いするにゃ」

メルディが俺の前に出てきた。

「ん？　――えっ。こ、この匂いは!!」

狼の獣人が何かに驚く。

俺、臭かったかな？

そんなことを考えているとメルディがフードを取った。

「メルディ様!!」

狼の獣人がメルディの前に膝をついた。

良かった。俺が臭かったわけじゃないらしい。

それより、門番のこの反応――やっぱりメルディって、王族とかだよな？

「お父様が危篤だって知って、帰ってきたにゃ。お城に、入れてもらえるかにゃ？」

「もちろんでございます！」

うん。やっぱりメルディは王女様だよね。だって呪いかけられたのって王様でしょ？　それを父と呼ぶってことは、絶対に王女様じゃん。

てことはあれか。俺は他国の姫様にメイド服を着せて、給仕させていたのか……。

ごめん、メルディ。それからベスティエの皆様。

そんなことを考えながら俺は、メルディと一緒に狼の獣人についていき、複数の兵が守る部屋までやってきた。狼の獣人がメルディの帰還を告げると、兵たちはみんなメルディの前に膝をつく。そして促されるまま、俺たちは部屋に入った。

医師らしき獣人たちが囲むベッドに、一際身体の大きな獣人が寝ている。

「お父様！」

メルディがその獣人のもとまで走っていった。

「お父様、ウチが来たにゃ。メルディにゃ！　わ、分かるかにゃ？」

メルディの目から涙が溢れている。俺はメルディの少し後ろに立ち、ベッドで寝ている獣人の様子を確認した。彼の全身には黒い模様が浮かび上がっていた。

おそらくこれは、黒死呪だ。

黒死呪は死に至る呪いの一種で、初めは小さな黒い模様が現れるだけだが、次第にその模様は全身に広がっていく。模様が広がる度、全身に釘を刺されたかのような激痛が走る。そして、およそ一ヶ月で全身が真っ黒になると死に至る呪いだ。

ちなみに黒死呪で死ぬと適性にもよるが、魔落ちと言って魔族や魔人になってしまう可能性がある。また、この呪いは術者との間に、ある種の繋がりができているため、術者が解呪するか、術者を倒す以外に呪いを解く方法がない。

もしかして俺が王都の外で拘束した魔人も、黒死呪で魔落ちしてしまったヒトなんじゃないだろうか？　襲われたとはいえ、俺はヒトを拘束してしまっているのでは？

「メルディ、か？」

俺が魔人について考えていると、弱々しい声が聞こえた。寝ていた獣人が起きたようだ。

「お父様！」

「……お前にだけは、こんな弱々しい姿を見られたくなかった」

「そんなの、どうでもいいにゃ」

「だが、よく帰ってきてくれた。呪いなんぞで倒れたことが恥ずかしくて、なかなか報せを出せなかったのだ……。すまん」

赤いレターバードはグレンデールとベスティエ間を一日ほどで飛行できてしまう。だが、レターバードがメルディのもとに来たのは今日だ。つまり、この獣人はここまで呪いが進行していながら、昨日までメルディに知らせようとはしていなかったということ。

「しかし、身体が弱るとダメだな。どうしても最後に、お前に会いたくなってしまった。正直、間に合わないと思っていた」

「最後なんて言わないでにゃ。せっかくここまで、ハルトが連れてきてくれたにゃ」

そう言ってメルディが俺を振り返る。

「初めまして。ハルト＝エルノールと申します」

「人族か……。メルディとは、どういう仲だ？」

呪いで弱っているとは思えない、鋭い眼光で睨まれた。

こ、これが父親に娘さんをくださいという時の感覚なのだろうか？

「魔法学園の学友です」

頑張って平静を装い、そう答えた。

「そ、そうか。メルディは魔法学園に入ったのか。それでお前は、メルディの友なのだな」

なんだかほっとした様子。そして、友という言葉が強調されていた。俺の屋敷でメルディにメイド服着させて給仕させてるなんて知ったら、怒るんじゃないかな？

「――うがぁぁ!!」

突然、横になっているメルディの父親が苦しみ出した。全身の模様が少し広がる。

「へ、陛下！　お気を確かに!!」

「ダメだ、呪いの進行が止まらぬ」

「おい、鎮痛剤をはやく打て！」

周りに居る医師たちが慌て出す。しかし鎮痛剤を打ったところで黒死呪の痛みは引かないし、ヒール《回復魔法》なども意味をなさない。獣人王は数分間の痛みに耐え、なんとか持ち堪えた。だがおそらくあと二回模様が広がれば、彼は死に至るだろう。

「ハルト、ウチはなんでもするにゃ。だから……お父様を助けてほしいにゃ」

メルディが涙を零しながら、俺に懇願してきた。俺だって助けられるのなら助けたい。でも黒死呪を解くのは、普通は無理だ。

——そう。普通は。

できれば、というかできれば絶対にやりたくない方法だが、俺は邪神にかけられた『ステータス固定』の呪い以外の、どんな呪いでも解くことのできる方法を俺は知っている。

「メルディ。なんでもするって言ったな？」

俺はメルディの意思を確認した。メルディは俺の言葉を聞き、少し困惑した表情を見せながらも、確かに頷いた。

これから俺は獣人王を助けるために、俺のポリシーに反することをしなくちゃいけない。なので多少の報酬くらいは、貰ってもいいだろう。

「う、うん……。ハルトの言うことなら、なんでも聞くにゃ」

よし、メルディの言質《げんち》はとった。ふふふ、今からちょっと楽しみだ。

さて、まずは獣人王の説得だな。

「陛下。私はその呪いを、解くことができます」

「な、何？」

「バカな！　魔人がかけた黒死呪だぞ!?」

「人族の若造が、何を言っている！」

「魔人を倒す以外に、これを解く方法などあるのか？」

医師や大臣らしき獣人たちが語気を荒らげる。

「可能です。私は、賢者ですから」

そう言ってステータスボードの職業だけを、その場にいるみんなに見せる。以前アルヘイムで王や大臣と交渉した時はレベルだけを隠せるって知らなかったので、わざわざルークにステータスボードを開示してもらった。

「け、賢者だと!?」

「その若さで……。ほんとに人族か？」

「わ、我らの王を、助けていただけるのですか？」

賢者だと知っただけで、俺への態度が軟化する。

「……何が望みだ？」

獣人王が俺を真っ直ぐ見ながら聞いてきた。

俺の望み？　そんなの、とっくに決まってる。

「メルディを頂きますので、お気にならさず」

「は？」

「な、何を言ってるにゃ!?」

王が怒りを露わにし、メルディは顔を赤く染めた。

「え？」

なんだろう……。やらかした感がある。

少し落ち着いて、自分の言った言葉を思い出してみた。

「……あ」

俺は獣人王の呪いを解く代償として、好きな時にメルディの肉球を堪能させてもらえるようお願いする予定だった。『メルディから報酬を頂きます』って言おうとした。言ったつもりだった。

だけど俺は、メルディの肉球を堪能できることが楽しみ過ぎて、言い間違えたらしい。

「貴様。本気で言っておるのか？」

獣人王から、かなり強い殺気が飛んでくる。

言い間違いでした！　なんて、言える雰囲気じゃない。

とりあえず今は時間がないし、後で誤解を解くことにしよう。

「恐らくその呪いはあと二回ほどで全身に達して、陛下の命を奪うでしょう。いかがですか？私の提案を、聞くだけ聞いてみませんか？」

「……分かった。仮に貴様がこの呪いを解けるほどの賢者であるというのなら、我は貴様に愛娘を任せることを検討してやっても良い」

「お、お父様まで何を言うにゃ!?」

あ、あの……。それはただの言い間違いです。

俺は解呪の報酬として、メルディの肉球を触れればそれで良いのですが……。

「それで、どうやって呪いを解くのだ？」

「聖属性魔法で陛下の身体ごと、呪いの因子を消滅させます」

「――――は？」

王が唖然とする。メルディや大臣たちも、俺の言っていることが理解できなかったようで、その場にいる全員が固まっていた。

「まだ呪いが進行していない指を切り取っておいて、そこから陛下の肉体を再生します。聖属性魔法はヒトの魂を傷つけることは無いので、肉体さえ再生すれば呪いは綺麗に消えます」

そう。これこそが肉体にかけられた、ほとんどの呪いを強制的に解呪できる方法だ。ただ、呪いが全身にかけられてしまった場合や、魂にかけられた呪いは解呪できない。

「ば、馬鹿な！　陛下に一度死ねと言うのか!?」

「いえ、死にません。魂は無事なのですから」

この世界では死んでも、魂が無事であればリザレクション《蘇生魔法》などで蘇ることができる。肉体は魂の容器に過ぎない。魂の消滅こそが、本当の死となるんだ。

とは言え、俺は誰かの肉体を消滅させるのは嫌だった。聖属性魔法でヒトの魂は傷つかないとはいえ、元の世界の価値観で見ると、肉体の消滅＝死なのだ。

「……我の肉体を指から再生すると言ったな。それは、不可能ではないのか？」

「そ、そうです。我が国には指から全身を再生させられるほどの治癒魔法の使い手はおりませんし、エリクサーも保有していません」

医師のひとりが、悔しそうにそう言ってきた。

「貴様が蘇生魔法を使えるというのか？」

「いえ。使えません」

賢者とは言え、どんな魔法でも使えるわけじゃない。ヒールの重ねがけで肉体再生まではできるが、魂を肉体に定着させるには、どうしてもリザレクション《蘇生魔法》が必要だった。

「ならば前提からして、貴様の提案は破綻しておるではないか」

そう、俺はリザレクションなんて使えない。でも——

「蘇生魔法は使えませんが、ここに世界樹の葉から作ったエリクサーがあります」

そう言って俺は、鞄からエリクサーの入った小瓶を取り出す。何かあった時のためにシルフから貰った世界樹の葉を使って作り、常に持ち歩くようにしていた。

「な、何？　今、なんと言った？」

「エリクサーだと!?」

「しかも、世界樹の葉から作った？　ほ、本物なのか!?」

医師や大臣たちが小瓶を凝視する。実はエリクサーには色んな製法がある。そして製法によって効果はピンキリで、キリ――つまり質の悪いエリクサーでは多少の肉体欠損が治る程度の効果しかない。もちろん、それでも十分レアアイテム。一方で俺のは、一番難易度の高い製法で作ったピンの品質のエリクサーだ。

「そ、そんな貴重なものを、我に使用してくれるのか？」

「えぇ。他ならぬメルディのお願いですから」

「ハルト！」

メルディが抱きついてきた。

「ハルト……。ありがとにゃ」

「お礼は陛下の呪いを解呪できた後で良いよ。さ、時間が無いからゴメンな」

そう言ってメルディを引き剥がす。

「陛下。呪いの進行していない手の指を一本頂きたいのですが……。よろしいですか？」

こんなお願いするのは初めてだ。自分でもおかしいと思う。

「構わぬ。右手は魔人に切り落とされておるから、左手だな」

そう言って獣人王は、左手を俺に差し出してきた。

「あっ、そうだ。先ずはこのエリクサーが本物であると証明しましょうか」

いきなり『指を切らせろ。大丈夫、エリクサーで元通りになるから』と言っても信じてくれる人は居ないと思う。あまりやりたくないけど、自分の指を切り落として、王や大臣たちの前で再生させようかと考えていた。

「不要だ。お前は先程、ステータスボードを見せてくれた。あれは偽装などできぬ。そして賢者であるお前が、そんな嘘をつくとは考えにくい」

「そうですか。ありがとうございます」

自分の指を切らなくて済んでほっとする。そういえば俺って、転生して以来、小さな切り傷以外できたことないけど、自分で指を切り落とせるのかな？　そんなどうでもいいことを考えながら俺は右手にヒールを、左手に風魔法を纏う。風魔法で強化した手刀で王の指を切り落とし、即座に右手のヒールで止血する流れだ。超高速でやれば痛みも少ないだろう。魔衣も纏って身体能力を強化する。

「いつでも良い。やってくれ」

これから指を切り落とそうとされているのに、王は全く怯まない。さすが、獣人王だ。

いざ、指を切り落とそうとした時――――とある情報が俺の中に流れ込んできた。王都の検問所から王城に来るまでに発動した魔法が、俺に情報をもたらしたのだ。

「陛下、一つお聞きしたいことがあります」

「何だ？」

「陛下と戦った魔人は、どんな外見でしたか？」

「なぜ今それが気になるのだ？　……まぁ良い、答えてやろう。魔人は側頭部に大きな角を持つ、狐獣人のような外見だった」

「狐の獣人？　そ、それって――」

「実はその魔人、元この国の軍師だったのだ」

「えっ!?」

「奴は密かに軍事費を着服していた。そのことが明るみに出たことで、この国を追放された。それを逆恨みした奴は、悪魔に魂を売ったのだ。そしてこの国を襲撃した。我らに復讐するため、魔人となってな」

「そ、そうだったのですか」

獣人王の言葉で俺は確信した。俺がベスティエに来てすぐに拘束した魔人。そいつが、獣人王に呪いをかけた魔人なんだ。

俺は王城に来るまでに風魔法で複数の鳥を造り、王都周辺を警戒させていた。この風の鳥は、炎の騎士と同じように自律行動が可能だ。そのうちの一体が、獣人王と魔人が戦闘したと思われる場所を見つけた。そこで観測した魔力の残滓《ざんし》は、俺が捕獲した魔人の魔力の波長と一致した。獣人王に聞いた魔人の身体的特徴も一致する。

王都に入った時、俺は検問所の責任者をしていた鹿の獣人から、この国を襲った魔人のことを聞いていた。その魔人は、獣人王の攻撃で腹に大きな穴が開いたと。だから俺は、氷魔法で捕獲しているあの魔人とは別の魔人が、このベスティエの付近にいると思い込んでいた。

でも、そうじゃなかった。獣人王から受けた傷を癒した魔人が、再びベスティエを襲おうとやって来た。そして偶然、その場に俺が転移してしまった。

たぶんだけど、そんな感じなんだろう。

そうか。あいつ、もとは獣人だったのか……。だから身体に、獣人みたいな特徴が残っていたんだな。それに、つい最近魔人になったばかりだというなら、邪神の気配が弱かったのも説明がつく。俺が過去に倒した魔人たちは、長生きしていそうな風貌の魔人の方が邪神の気配が強くなる傾向があったから。

国に復讐するため、悪魔に魂を売った元獣人か……。既に魂を悪魔に回収されているなら、助ける術はない。それにそいつは、多くの獣人を殺した。命は助かったが、獣人王のように重い怪我を負った兵も多数いるらしい。

あの魔人を倒してしまっても良い。倒すべき敵だと判断した。

俺は両手に準備していた魔法を解除し、メルディと一緒に転移してきた王都郊外の方角に身体を向ける。

「おい、どうしたというのだ？」

「すみません。陛下の指を切り落とす必要がなくなりました」

「……何？」

俺は魔人を閉じ込めている氷柱がある方角に向けて手をかざし――

勢いよくその手を握り締めた。

氷が砕ける感触が手に伝わってくる。

たぶん、これでいいはず。俺は獣人王の方を振り返る。

「こ、これは!?」

「陛下の呪いが、消えていく？」

獣人王の身体から、黒い模様が徐々に消えていった。

よし、成功だ！

「もう大丈夫です」

「な、何をしたのだ？」

「魔人を倒しました」

「――――は？」

獣人王が口を開けたまま固まる。彼は巨大なライオンのような姿をしているのだが、ちょっと怖い外見の王が口を開けたまま唖然としている様子は見ていて面白い。

「もしかして、この国に転移してきてすぐハルトが拘束しちゃったのが、お父様に呪いをかけた魔人だったのかにゃ？」

メルディは、俺が氷の柱に魔人を拘束したのを見ていた。

「そうみたい」

「お前たち、魔人と遭遇していたのか？」

「ま、魔人を拘束しただと!?」

「陛下と獣王兵が、撃退するだけでも苦戦した敵だぞ!!」

「そんなこと、できるわけが――――」

「黙れ」

静かなひとことと。しかし力強い獣人王の言葉は、騒いでいた大臣や医師たちを黙らせた。

「現にこうして我の呪いが消えている。おそらくハルト殿が、魔人を倒してくださったのだ」

医師が止めるのを無視し、獣人王がベッドから起き上がろうとする。

「あっ、少しお待ちください」

俺はエリクサーの入った小瓶を開け、獣人王の失われた腕や体の傷がある部位に振りかけた。

「ぬ!?」

切り落とされた獣人王の腕の元から白い泡が吹き出し、次第に腕の形になっていく。数十秒で獣人王の腕は完治した。もちろんその他の傷もきれいさっぱりなくなっている。

「これで呪いも消えましたし、傷も癒えたはずです」

「なんと、呪いだけでなく腕や全身の傷まで……」

獣人王がベッドから立ち上がる。

おお、やっぱり大きい。立ち上がると、三メートルくらいありそうだ。

その獣人王が、いきなり俺の前で膝をついた。

「ハルト殿。呪いを解いてくれたこと、心から感謝する」

「あ、頭を上げてください。俺は、メルディの願いを聞いただけです」

「おぉ。そういえばハルト殿は、我が娘をご所望だったな」

いや、アレは……。ただの言い間違いです！

俺が望んだのは、メルディの肉球を触る権利ですから。

「あ、あの――」

「だが、ここは獣人の国ベスティエだ。強き者だけが自分の意思を押し通せる。我は命を救われたので、メルディの父としてハルト殿を強き者と認めよう。しかし我が娘は、これでもこの国の王女だ。王女を娶りたければ、国民と娘自身に認められなければならぬ」

「いや。ですから俺は――」

メルディの肉球を、ちょっと触らせてもらえればいいんです!!

「陛下。ちょうど武神武闘会が開催されますので、そこにハルト殿も出ていただいてはいかがでしょう？　国民にハルト殿のお力を披露する、最良の場となるはずです」

ひとりの大臣がそう進言してきた。この国は、武神武闘会という大会で優勝した者が王となる。そしてその王が国民に力を疑われるような事態になった時、在位期間に関わらず武闘会が開催され、新たな王が選出されるらしい。

獣人王は無事回復したのだが、魔人に負けたという認識を国民が持ってしまっている。そのため武神武闘会の開催は、確定事項のようだ。

「それは良い！　是非とも参加していただきたい。我が負けた魔人を倒したのだ。きっと我とも、血沸く熱い戦いをしてくれるだろう!!」

「えっと……。獣人王様も出るのですか？」

「当然だ。魔人に負けはしたが、再び我の力を示してみせようぞ！」

獣人王の目がキラキラ輝いている。獲物を見つけ、歓喜している目だ。自身も武闘会に出なくてはならず王座が危ういかもしれないのに、そんなことを全く気にしていないようだった。

この人はたぶんあれだ、戦闘狂ってやつ。

そろそろ誤解を解いておかないと、本気でヤバそうだな。

「お父様。今年はウチも出るにゃ」

「えっ」

なんと、メルディも武神武闘会に出るという。

「め、娶られるなら、ウチより強いって示してほしいにゃ。だからウチも出るにゃ!!」

頬を少し赤らめたメルディが、俺の方とチラッと見ながらそう宣言した。

「メルディ。大会に出るのは構わんが、いつも通り肉体強化以外の魔法は使えないぞ？」

は、はい？

突然知らされる驚愕の事実。武神武闘会は、魔法の使用が禁止されているらしい。

俺、魔法特化の賢者なんですが。しかも邪神にかけられたステータスが《固定》される呪いのせいで、肉体強化魔法使っても強くなれないんですけど……。

「それは大丈夫にゃ！」

いや、俺は大丈夫じゃないぞ？

「この国を出た後の修行でウチは、肉体強化魔法だけでもお父様をボッコボコにできるくらい強くなったにゃ!!」

ふたりの間でバチバチと火花が飛ぶ。父を救うためならなんでもすると言っていた少女が、いざ父が元気になった途端、その父をボコボコにする宣言。そしてそれを受け入れる父親。

「今年はメルディ様もご参戦なさるのですね。私も武闘会が楽しみです！」

大臣たちの中にも、鼻息を荒くしている肉食系獣人がいた。俺は獣人族の性《さが》を見た気がした。みんな戦闘が大好きなんだ。

「それではハルト様、メルディ様、陛下の武神武闘会出場の申請は私がやっておきます」

「おぅ。頼むぞ」

「よろしくにゃ！」

「え、えぇ!?」

いつの間にか俺も、出場することが確定していた。

全部誤解なのに……。

俺、一言も出るって言ってないのに……。

03

武神

LEVEL 1 NO SAIKYO KENJYA

獣人王の呪いを解き、世界樹の葉で治癒を終えた後、俺は転移でグレンデールに戻った。そして、クラスの皆を連れて再びベスティエに転移する。魔人の襲撃によって傷付いた国軍の兵士たちの治療を手伝ってもらうためだ。

襲撃があったのは既に一ヶ月ほど前のことで、その時に亡くなった三十二名の兵士の蘇生はできなかった。それでもギリギリ命を繋ぎ止めていた兵士たちを救うことはできた。リュカ、ティナ、俺が中心となって傷付いた兵をどんどん回復させていったんだ。

やはり回復系の魔法でいうと、リュカの能力が飛び抜けている。大きな欠損部位ですら瞬時に再生させてしまう。途中から俺がヒールの重ねがけをするよりリュカのサポートをした方がいいと悟り、ひたすら彼女に魔力を渡し続けた。

結果、およそ半日で百五十人ほどの兵を回復させることができた。リュカがかなり疲労していたので、エリクサーを渡す。

「ハルトさん。こ、これ……」

「薄めたエリクサーだよ。疲労回復の効果があるから飲んで。今日は本当にお疲れ様」

「薄まっているとはいえ、エリクサーですよね？　そんな貴重なものを、私なんかに」

「でもリュカがいなければ、助からなかった人も結構いたはずだよ。この一本じゃひとりしか救えないけど、リュカがいてくれたから数十人を救えた。だからこれはリュカにあげる。今飲んでもいいし、取っておいてもいいから」

エリクサーの効果は、欠損部位の再生だけではない。体力や魔力も最大値まで回復するし、疲労回復もできる。元が最上品質のエリクサーなので、十倍くらいに薄めても体力や魔力の全回復は可能だ。

リュカはリザレクションを使うのに大量の魔力を消費するので、究極の魔力回復薬として所持しておいて損は無いはず。彼女をあてにして原液のエリクサーは獣人王に全て使ってしまったので、彼女に渡せるのは薄めたやつしかなくて申し訳ないのだが。

「ありがとうございます。疲労は寝れば治るので、これは大切に取っておきますね」

そう言ってリュカは大事そうにエリクサーの小瓶を鞄にしまった。

またシルフに世界樹の葉を貰って、エリクサーをいっぱい作っておこうと思う。なんにせよ、多くの獣人を救うことができて、本当に良かった。

――＊＊＊――

それから三日が経過した。武神武闘会まであと一週間。炎の騎士と魔法なしで戦闘訓練した成果を見せる場になりそうだということで、リューシンも参加することになった。彼は、かなりやる気だ。それはいい。それとは別のことで、少し問題があった。

「ハルト様。獣王兵の方から聞きましたが」

「メルディさんと結婚するために、大会に出るのですね？」

「えっ⁉」

　どうやら口の軽い獣王兵のひとりが、ティナとリファに情報を漏らしてしまったようだ。ふたりとも、俺が武神武闘会に出る理由をそれだと思っている様子。結局誤解を解けぬまま、今日まで来てしまった俺も悪いのだが……。さすがに、なんとかしなきゃな。

「あ、あのな。実は——」

「私は、メルディさんを歓迎しますよ」

「私もです！」

「……はい？」

　か、歓迎するって？

「メルディさんは家事全般をそつなくこなしてくださいますし、なによりシロ様が一番懐いていますからね」

「神獣であるシロ様の不興を買ってしまうのではないかと不安で、私やマイさん、メイさんはいつもドキドキしながらお世話させていただいています」

　獣人は神獣の眷属だ。だから本能で神獣の世話をしようとするメルディは、シロに対しても必要以上に臆することがない。それがリファたちにとって、非常に助かっているとのこと。

「それでメルディさんは、どうお考えなのですか？」

「ウ、ウチより強い男だったら……その、娶《めと》られてやってもいいにゃ」

　顔を真っ赤にしながら、俯き加減のメルディがそう言った。その照れてる感じのメルディが、不覚にも凄く可愛いと思えた。

「あ、あと。できればそれを、国民の前で証明してほしいにゃ」

「ということは、ハルト様」

「大会で優勝しちゃうしかありませんね！」

メルディより強ければいいのだから、武神武闘会で優勝する必要はないんじゃないかな？　でも一国の姫を娶るなら、力を見せつけておくのも必要なことか。ていうか俺。もし大会で優勝したら、メルディと結婚する流れ？

メルディは可愛いし、活発な彼女とは一緒にいて飽きることがない。それに、メルディの肉球の触り心地は最高だ。ずっと触っていたい。その権利をもらうために、俺は獣人王の呪いを解こうとしたくらいだ。だからメルディと結婚することに関して言えば、プラスのイメージしかない。ティナたちも、メルディをエルノール家に入れることを許してくれた。そもそもメルディとはすでに、一緒に暮らしているんだ。変わることがあるとすれば、同じベッドで寝るようになることとぐらいか。

いまさら誤解だったとは言えなかった――いや、言わなくてもいいじゃないか!!

武神武闘会で優勝して、メルディと結婚するという新たな目標ができた。


――＊＊＊――

俺たちはベスティエで、英雄扱いされるようになった。特に俺とリュカが。俺は魔人を倒し、王を救った者。リュカは傷付いた多くの兵を救った者として。街を歩くと人々から食料やら、肌触りのいい毛皮やら、鋭い牙なんかを貰った。鋭い牙は加工すると切れ味の良い剣を作る素材になるらしい。そういった何かをくれるのは皆、俺たちが助けた国軍の兵士の家族だそうだ。中には助けられなかった兵士の家族もいた。

「仇をとってくれて、ありがとう」

泣きながら感謝された。なぜもっと早く助けに来なかったのか、そう理不尽に怒られることもあると思っていた。しかしベスティエでは、強きものこそが正義であり、戦いに身を投じる者は常に死を覚悟している。その家族も同様に……。だから、魔人に殺された兵の家族は、魔人に負けたという事実をただ受け止める。

最愛の家族を奪った魔人を恨まないわけではないが、その魔人を倒し、力を示した俺に恨みを言うような獣人はいないだろうと、王都を案内してくれている獣王兵が話してくれた。彼は魔人の攻撃で左半身を大きく欠損し、俺がベスティエに来る前日に息を引き取っていた。しかしリュカの蘇生魔法によりその命を繋ぎとめた兵のひとり。

通常のリザレクション《蘇生魔法》は、死後数時間以内に使用しないと効果がない。しかし竜神の加護を持つリュカは『竜の巫女』と呼ばれ、死後一日までの者の蘇生を可能にする。さらに彼女は、魔力が通っている物も修復できてしまう。そんな彼女でも、死んで一日以上経過した者は蘇生できない。俺たちの護衛兼案内役として、都を一緒に歩いている獣王兵は、ギリギリのところで命を繋ぎとめていた。

そして今は、兵士たちの蘇生や回復が落ち着いたので、ティナを含めたクラスのみんなと一緒にベスティエを観光していた。

「この国で行くべき所として、武神様が祀られている神殿があります。ここからそう遠くはないのですが……。いかがでしょうか？」

「武神様ですか。俺はまだ、会ったことないですね。ぜひ、行ってみたいです」

「ははは。まるで武神様以外の神にはお会いしたことがあるような言い方ですね」

獣王兵に笑われた。

多分信じてもらえないだろうけど、俺はこの世界で二柱の神に会ったことがある。海神と邪神だ。邪神は言わずもがな、俺を殺してこの世界に転生させた張本人。しかし転生させられて以来、一切の干渉はなかった。

そして、海神とは俺が八歳の時から仲良くしてもらってる。初めて会った時に割とガチのバトルをして、それ以来お互いの力を認めた所謂、好敵手《ライバル》って存在だと勝手に思っていた。

アイツ《海神》との戦いのおかげで俺は炎の騎士を生み出すことができたし、ウンディーネとも契約することができた。伝承などによると武神は『後神』と言って、この世界ができてからしばらくして神格へと至った神。だから格としては、俺の好敵手である海神の方が上だな——などと、よく分からない対抗意識を持っていた。

なんだかんだで、俺は海神が好きだった。

今度、久しぶりに遊びに行こう。結婚して、家族が増えたって報告しなきゃ！

そんなことを考えているうちに、武神が祀られている神殿に着いた。

思わず感嘆の声が漏れる。岸壁をくり貫いて造られた巨大な神殿が建っていた。

「おぉ。これは凄い！」

「本来、獣人以外は神殿の中に入れないようになっています。しかし、陛下と我々を助けてくださった皆様は特別に、中へ入る許可が下りました」

へぇ、それはラッキーだ。武神、出てきてくれるかな？

「うぅ。ここに来ると、なんだか背中がピリピリするにゃ」

普段、割とだらしないことが多いメルディが姿勢を正し、キビキビと歩いていた。ちょっと面白い歩き方になっている。獣王兵によると、武神は圧倒的な力を誇ったかつての獣人王が創造神に認められ、死後に神格へと至ったのだという。つまり武神はメルディたち、獣人族の祖先なのだ。そんな武神に見られているので、ここ《神殿》に来ると獣人は、気が引き締まるらしい。


神殿の奥の方までやってきた。正面に巨大なライオンの獣人の像があった。これが武神の姿らしい。なんとなく、今の獣人王に似ている気がする。

「あの……。これは？」

気になったのは武神の像の足元に灯った炎と、その炎からこちらまで延びる十メートルほどの真っ直ぐな水路。水路は周りから少し高くなっていて、その終わりには人がひとり、足を広げて立てるくらいの台座があった。まるでここ《台座》に立って、武神の像のもとにある炎を消せと言わんばかりの造りだ。

「この台座の上から、あの武神像のもとにある炎を消すことができれば、武神様が顕現してくださると言い伝えられています」

はい、予想通り！

「誰がやってもいいんですか？」

「構いません。しかし、魔法の使用はダメです。武神様はかつて、離れた場所にある炎をその拳圧だけで消し去ったと言われています。その言い伝えにあやかって、この神殿は造られているのです」

へえ……。そうなんだ。とりあえずやってみよう！

俺は魔衣を纏いながら、台座に上がった。

拳を振った圧だけで、十メートル先の炎を消さなくちゃならない。なかなか難易度が高いと思う。ちょっと、本気を出そう。俺は魔力を大量に放出した。

「なっ、なんて闘気だ！」

獣王兵が驚いている。身体から溢れ出す生命エネルギー、それをベスティエでは闘気と呼んでいるらしい。しかし、この世界に闘気なんてものはない。

獣人族が闘気と呼んでいるもの——それは、無属性の魔力だ。

昨日、獣人たちが戦闘訓練している様子を、なんとなく魔視しながら見ていて気付いた。獣人は、無属性の魔力をその身に纏って戦う。獣人は肉体強化の魔法以外使わないと言っているが、実は違う。魔力を纏い、戦闘力を上げる魔法を使っているんだ。俺はそれを魔衣と呼んでいる。そしてその魔衣が強力な獣人ほど、戦闘能力が高かった。

　この魔衣は魔検知の水晶などに反応しないので、魔法ではない——つまり、闘気というオーラの一種であると獣人族は思ってるのだろう。ちなみに他種族から見た獣人族のイメージは、物理特化のステータスで、とんでもない速度で攻撃してくる戦闘狂が多い種族——というもの。実は強い獣人ほど魔力を巧みに使いこなし、元から高い身体能力を更に強化して戦っていることなど、ほとんど知られていないみたいだ。

　この世界は物理特化より、魔法特化の方が優遇されていて強い。脳筋より、魔法でクールに戦う方が強いってこと。これは賢者である俺にとって、嬉しい情報だった。

　とはいえ魔衣を使った戦闘能力強化はなかなか困難であり、魔衣を纏えたとしても上手く活用できなければ意味が無い。獣人の多くは無意味に無属性の魔力を放出するだけで、魔力を圧縮して本来の用途で利用しようとしない。多分、本当の魔衣の力を知らないんだ。

　……よし。魔衣の正しい使い方を見せてやろう。

　俺は放出した魔力を、自分の身体の周りに圧縮していった。そして身体の動きを補助する最低限の魔力を残し、その他を全て右腕に集める。

　ぼんやり俺の右腕が光り出した。ここまで魔力を圧縮すると、魔視しなくとも魔力が集まっているのが分かるはずだ。

「す、凄い。あの膨大な闘気が、全て片手に……」

この程度で驚いてもらっては困る。ここからが本番だ。王都に入る審査で、的を破壊した時とは違い、今回は威力ではなく速度が求められる。左手を前に突き出し、炎に照準を合わせるように構える。魔衣を纏った右手は軽く後ろに引き、下半身の魔衣で身体を固定した。

そうだ、メルディの技を借りよう。

「飛空拳!!」

できる限り高速で右手を前に突き出した。

拳は音速を超え、ソニックブームが起きる。

圧縮された空気が、水路の水を吹き飛ばしながら飛んでいき——

いとも容易く、武神像のもとにあった炎を消し飛ばした。

しかしそれでも勢いが止まらず、俺の放った空気弾は武神像の足を破壊した。

「あっ」

やべぇ、やっちまった。ま、まさかここまで威力があるとは……。

最近、魔法の力加減は上手くできるようになったのだが、物理攻撃系は加減がいまいちよく分からなかった。

これ、多分怒られるよね？

そう思いながら獣王兵や、みんなの方を振り返ろうとした。

「まさか、人族があの炎を消すとはな」

いつの間にか大きなライオンの獣人が、俺の少し前に立っていた。身体は獣人王より大きく、そして神性を感じる。

「武神様、ですか？」

「いかにも」

おぉ、本当に顕現してくれた！

「それで？　俺を呼び出したのはなぜだ」

「え、えっと……」

特に用事が無いことに今更気が付いた。

「あの……像を壊してしまって、すみません」

とりあえず、武神像の足を破壊してしまったことを謝っておく。

「そんなこと気にするな」

武神が手を二度叩くと、粉々になった武神像の足が元に戻っていった。さすが、この世界の神の一柱だ。ただ、気になったのは武神が像を直すのに魔法を使っていたこと。魔視で武神の魔力が像に注ぎ込まれるのを確認したので間違いない。

「さて、俺を呼び出したわけを聞こうか。望みはなんだ？　俺との一騎打ちか？　それとも死闘か？　決闘か？」

いやいや、戦うことしか頭にねーのかよ。ただの戦闘狂じゃねーか。

「いえ、あの、すみません。ほんとに出てきてくれるか、気になって……」

「はぁ!?　じゃ、特に用もないのに俺を呼び出したってのか！　俺は神だぞ。……よし、なら俺が満足するまで殺《や》りあおうぜ!!　それで許してやる」

結局、お前が戦いたいだけじゃねーか！

武神からかなり強い殺気が飛ばされる。この膨大な魔力を含んだ殺気、後ろに漏らすと多分ティナたちが危ない。即座に魔法障壁を多重展開して、皆への影響を抑えた。

「――っと、まぁ、冗談はこの辺にしといて」

「……ほんとに、冗談ですか？」

「あぁ。無断でヒトと殺り合うと、創造神様に怒られちまうからな」

武神の殺気が収まったので、魔法障壁も解除した。

「しかしお前、どうなってんだ？　俺の殺気を真正面から受けてたじろぎもしないとは」

「武神様が手加減してくださったからではないですか？」

そう言ってみたが多分、邪神の呪いのおかげだろう。俺は威嚇されても、恐慌や狼狽といった状態異常にはならないからな。

「割とガチで脅したのだか……まぁいい。それで本当に願いはないのか？　質問でもいいぞ」

そう言われても、俺は特に何もない。

「みんなは、何かある？」

「あの、質問があるにゃ」

メルディが俺のそばまでやってきた。

「今の獣人王の娘だな。なんだ？」

「なんでこの国では、魔法を使っちゃダメってことにしたのかにゃ？」

涙声になりながらメルディが訴える。彼女は魔法を使った戦闘を禁じられ、自分よりレベルの低い獣人にすら勝てなくなった。父である獣人王に訴えたが、答えは『武神様が決めたことだから』の一点張り。この国では強者こそが正義であり、己の意志を押し通せる。しかしその強者というのは、魔法を使わない戦闘で強い者という認識なのだ。

メルディは魔法無しでも十分強いが、物理特化の獣人からすると、攻撃力もスピードも劣る。だから物理特化の獣人のスピードにも負けないほど、早く魔法を発動できるように特訓し、魔法有りの戦闘でならこの国に居る同レベル帯の獣人には負けることがないまでに成長した。しかし、その戦闘方法が獣人王に認められず、この国を飛び出したのだ。

「魔法だってウチの力にゃ！　魔法を使って強くなって、何が悪いにゃ!?」

悲痛な叫びが、武神の神殿に響き渡る。それを受け止めた武神は静かに口を開いた。

「いや、何も悪いことなどない」

「……え？」

「使えるものは全て使え。魔法で強くなるなら使えば良い。そもそも武神である俺が――」

武神が俺たちの前に拳を突き出した。突然、その拳が炎に包まれる。

「生前の職は魔法拳闘士だったのだからな」

は、はい？

ちょっと意味が分からなかった。

「ど、どういうことにゃ？　武神様の職業が、魔法拳闘士!?」

「武神様の職は物理系最高峰の闘士であると、この神殿にある書物にも記録されています。それが、嘘であると言うのですか？」

メルディと獣王兵が、信じられないという表情で武神に尋ねる。

「嘘か……。嘘をついたつもりはなかったのだが。結果としてはそうだな、俺は闘士ではない。そもそも、俺は自分の職を誰かに伝えたことはない」

武神は少し、言い辛そうに言葉を続けた。

「俺がこの国の王となった当時は、今よりも顕著に物理攻撃系至上主義があった。そんな中、俺は魔法系への適性を持って生まれた。俺の家族はそのことを隠し、俺自身も生涯、自分の職を誰かに打ち明けることは無かった」

昔のベスティエは、魔法系の適性を持って生まれた子を忌み嫌い、魔法を使い出すと家族ごと国外追放されることもあったという。ただ、獣人族の間ではステータスボードを他人に見せることは一般的ではなかった。真の力は他人に開示すべきではない。そして、力を示すなら拳で語り合え——というのが慣例だった。そのため、魔法系に適性が出ても公の場で魔法を使用しなければ、国を追われることは無かったのだ。

「魔法への適性があったものの、俺の身体はどんどん逞しく成長した。そして魔法を魔法と認識されないで使う方法を編み出し、魔法を使いながら戦うことで、この国最強となったのだ」

「魔法を魔法と認識されない使い方？　そ、そんなものがあるのですか!?」

「ある。今、お前たちが闘気と呼んでおるそれだ。闘気とは身体から溢れ出した無属性の魔力のこと。俺はこの魔力を圧縮して身に纏うことで、肉体強化魔法だけでは成し得ない数々の偉業を達成した。これもそうだ――」

そう言って武神は武神像の方に身体を向ける。その武神像の足元には炎が灯っていた。武神像が修復された時に、炎も元に戻っていた。

武神が、その炎へと拳を突き出す。

拳から放たれた魔力の塊が高速で飛んでいく。

そしてその魔力の塊が、炎をかき消した。

「こ、これが武神様が離れた敵を粉砕したと言われる飛拳ですか。本家を見られるとは……」

獣王兵が感動で、その身を震わせる。

しかし、おかしい。武神は魔力を飛ばして炎を消したんだ。

そんなこと、メ・ル・ディ・で・も・で・き・る・。

「あまりこいつの前で俺を持ち上げるな。今のはただ、魔力を固めて打ち出したに過ぎない。つまり、一種の魔法だ」

「えっ!?　い、いや、しかし、魔検知の水晶は一切反応していません！」

この神殿には王都の検問にあった試練場のように、水晶玉が設置されていた。そして武神が魔力を飛ばした時、水晶玉は無反応だった。そのため獣王兵は、魔法が使われていないと判断したのだろう。

「魔検知の水晶は、無属性の魔力には反応しない。無属性とは言え、魔力を放出し、固めて打ち出しているので魔法というわけだ」

なるほど。俺は魔視によって魔力が飛ばされたのに気付いたが、魔視が使えなければ拳を振った圧だけで離れた場所にある炎を消したように見える。

……あれ？　てことは、魔力飛ばして炎消しても良かったの？

そんな疑問を持ったが、とりあえず今は武神の話を聞くことにした。

「俺はこの、魔力を固めて放ち遠方の敵をも粉砕する技で、かつての王座を得た。身体も逞しく成長し、ステータス上昇率にも恵まれたのも大きかった。しかし、一番の要因は魔法を使いこなせたことだ」

「それじゃあなんで。どうしてこの国で強者を決める戦いで、魔法使用を禁止するなんてルールを作ったのかにゃ？」

「そんなもの、俺は作ってない」

「「えっ!?」」

「王である俺が魔法を多用していたのだ。そんな掟つくるはずがない。俺が作ったのは――」

武神が定めた掟は三つ。

一．強者だけが志を貫ける
二．強者は弱者を庇護せよ

三、獣人はその身に備える全ての能力を最大限に活かして強者となれ

一と二の掟は、武神が王になるより以前からベスティエに存在していた。武神は三つ目の掟を新たに追加した。その身に備える全ての能力――には、もちろん魔力や魔法を扱う能力も含まれる。武神はいつか、自分のように魔法を使いこなして真の強者となる獣人が、この国で育つことを願っていたのだ。

獣人族の恵まれた種族ステータス。そこに魔法の補助が加われば、他種族を圧倒できる能力を得られるのは至極当然であった。武神もそれに気付いたのだ。しかし、当時の国の思想としては物理攻撃系こそが至上であり、魔法を使う者は蔑まれた。魔法を活かして戦える獣人が生まれた時、その者が魔法を使うことで迫害されることが無いよう、全ての能力を使えという掟を追加した。

だが当時は魔法が使える獣人がほとんどいなかったため、獣人族の間で『全ての能力』の中に『魔法も含まれる』という認識がされなかった。そしてその認識のまま、現在まで来てしまったのだ。

武神は魔法禁止などと言ったことは一度もなかったが、武神が公に魔法を使うことなくこの世を去り神格化されたため、いつからか獣人族の間で『武神が魔法の使用を禁じた』という認識になってしまったのだ。

「……なら、武神武闘会で魔法を使ってもいいのかにゃ？」

「あぁ。使え使え！　なんだったら属性魔法だってバンバン使ってしまえ。俺だって邪竜と戦った時は仲間を逃がしてから、全力で聖属性魔法を使って奴を倒したんだからな」

その言葉を聞いて、メルディの顔はパァっと明るくなった。同時に獣王兵の表情は、酷く複雑なものとなる。

「そんな……。武神様の伝説、邪竜討伐が魔法によるものだったなんて」

「いや、仕方ないだろ。アイツどんな攻撃しても無限に復活してくるんだぞ？　物理攻撃無効だぞ!?　でも、聖拳ぶち込んだら一発だったからな。やっぱ魔法最高!!」

筋骨隆々のライオン《武神》が、神殿の天井目掛けて笑顔で口から火を吐いてみせた。

……なんだろう、だいぶイメージからかけ離れてきている。ほら、獣王兵も困ってるし。

「そ、そうですか。ではハルト殿が炎を消したのも、実は魔力を飛ばして？」

「あっ、俺は——」

「それなんだよな。こいつ、ガチで拳を振った拳圧だけで、炎を消しやがった……。そんなこと、俺もできねーよ」

「「えっ!?」」

いやお前、できないんかい!!

「無属性魔法で身体能力強化はしていたみたいだが、それでも拳を振った風圧だけであんな離れた炎消すとか……。化け物じゃねーの？」

その言葉を聞いた獣王兵が、俺の方を見る。引き攣った表情をしてた。

「やはり主様は、規格外じゃのう」

「相変わらずバケモンだな」

「ヨウコさん、ルークさん。今さらですよ」

「「さすがハルト様です！」」

「でも、神様にバケモノ扱いされるのはヤバくね？」

「ええ。私もリューシンと同意見」

俺も少し厳しいかなって思ってたんですよ。

まぁ。やってみたら、できちゃったわけですが……。

04

武神武闘会

LEVEL 1 NO SAIKYO KENJYA

武神武闘会の予選日になった。俺たちは王城の側にある円形闘技場に来ている。ここで明日の本戦に向けた予選会が行われるらしい。

腕に自信があれば、国、種族問わず参加できるので、参加者数は千人を超える。俺たちのクラスからは予定通り俺とメルディ、リューシンが参加することになった。

ちなみに、武神は姿を消した。

「獣人王の娘よ、お前が全力で戦えるよう取り計らってやる。あ、俺が顕現したことは、しばらく秘密にしといてくれ。じゃあな！」

——そう言い残して。

神殿にいたのは俺たちと、獣王兵だけだった。この世界の神の指示を無下にするわけにもいかず、俺たちは武神が顕現した事実を伏せることにした。武神が何をするつもりか気になるが、俺たちは今、できることをするだけだ。

そろそろ予選が始まるが、魔法解禁などのアナウンスはされていない。なので事前に知らされていた、魔法禁止というルールに従うしかない。

武神武闘会には予選と本戦がある。本戦に進めるのは五十人ほど。武神武闘会で本戦に上がるのはかなり困難だが、それができれば非常に名誉なことで、かつ異性からモテるようになる。武闘会でベスト8にでもなればハーレムを築けるらしい。ちなみにベスティエでは、双方合意であれば男女共に重婚が認められている。強い女獣人もいるので、武闘会参加者の三割ほどは女獣人だった。過去の武闘会で4位になった女獣人がその後、複数の男の獣人を夫として迎え入れたこともあるそうだ。

「それにしても凄い人数だな」

リューシンが人数の多さに圧倒される。円形闘技場はかなり大きな造りになっているが、体格のいい獣人がおよそ千人も集まっていることで、かなり狭く感じる。これだけ人数が多ければ、異世界転生お馴染みのアレがあるだろうと思っていた。

筋骨隆々の獣人たちの中に、ポツンと立っている見た目貧弱な人族である俺は、圧倒的にアレの標的にされやすい。

そう。異世界転生者を弱者だと思い込み、マウントを取ろうと、チンピラのような奴が絡んでくるイベント。そのチンピラは後ほど、異世界転生者たちの実力を知り、驚愕する——というところまでが一連の流れであるアレだ。実はちょっとワクワクしていた。俺を見下していた奴が、武闘会で俺の力に気付き驚く——その様子が見られるのを、楽しみにしていたのだ。

しかし、そうはならなかった。変な奴に絡まれることがないようにと、俺、メルディ、リューシンをこの国最強の戦力である獣王兵十人が囲っているからだ。獣人王の命令とかではなく、獣王兵たちが自ら進んで、まるで俺たちの護衛のようなことをしてくれているのだ。

「魔人を倒すほどの力を持ったハルト様にとって、護衛など出過ぎた真似であることは重々承知しております」

「しかし我らは、少しでも貴方のお役に立ちたいのです」

「そ、そうなんですか……。なんか、ありがとうございます」

獣人王ほどでないが、周りにいる獣人たちと比べると一回り大きい獣王兵たち。その獣王兵たちが無言で周囲を威圧するので、一般の獣人たちは距離を置いていた。そのため円形闘技場の中で、明らかにこの周辺だけ人口密度が低い。ただ、その獣王兵の威圧をものともせず、俺たちに近付いてくる者もいた。

「ハルト様、先日は本当にありがとうございました。お陰でまた、戦えます！」

「俺は足を再生していただいた者です。またこうして武闘会に出られるなんて夢のようです」

——などと、先日助けた国軍の兵士たちが、獣王兵の囲いを突破して俺たちにお礼を言いに来たのだ。

中には、こんなのもいた。

「武闘会で力を示すことができた暁にはこのサリーを、ハルト様の配下に加えていただきたいですにゃ!!」

サリーと名乗った猫系獣人の女性は、魔人との戦闘で手足を欠損した兵のひとり。そんな彼女を、俺が回復魔法で治療していた。

配下って……。俺、部下とか持つような立場じゃないんだけど。

少し戸惑っていたら、俺に宣言できたことで満足した様子のサリーはその場を去っていった。

ちなみにベスティエにおいて、語尾が特徴的なのは猫系の女獣人だけらしい。なんでも大昔の転移勇者が猫系獣人を助け、そのお礼として語尾を『にゃ』にしてほしいと頼んだのだとか。

その勇者が助けた猫系獣人は、当時の国の姫だった。姫は恩に報いるため、国中の猫系女獣人に語尾を『にゃ』にするよう呼びかけた。

「――それ以来、全ての猫系女獣人の語尾が『にゃ』になったらしいのにゃ」

サリーが去った後、気になっていた語尾について聞いたところ、メルディが教えてくれた。

「へぇ、そうなんだ」

なるほど。つまり昔の転移勇者が変態だった影響が、現在まで受け継がれているんだな。

かつての転移勇者よ、ナイスだ！　よくやってくれた!!

俺は心の中で、大昔の勇者に感謝した。

やっぱり、猫系獣人の語尾と言えば『にゃ』だよね。うん、よく分かってるじゃないか。

そんなことを考えているうちに、武神武闘会の予選が開始された。昔の武闘会の予選では、数十人が同時に戦うバトルロイヤルをしていたらしいのだが、年々参加人数が増えてきたので次第に選抜方法が変わってきたらしい。バトルロイヤルでは強者が同じ組になった場合、本戦に進める者が限られ、本戦で観客が楽しめるバトルが減ってしまうからだ。

予選は武闘会参加者以外は会場に入れず、観客が居ないのだ。そんな理由もあり、バトルロイヤルはなくなった。今年の予選は闘技台の上に設置された的に、どれだけダメージを与えられるかというもの。可能であれば的を破壊してしまってもいい。どうやら、的は入都審査の時に俺が吹き飛ばしたのと同種のようだ。ただし、ここに設置されている的は全て新品なので、俺が吹き飛ばしたボロボロだった的とどれくらい強度が違うのか分からない。

いくつかのブロックに分かれ、武闘会に集まった獣人たちが順に的を攻撃し始めた。武器の使用も認められているが、多くの獣人は素手で攻撃していた。轟音があちこちで鳴り響くが、完全に的を破壊できた獣人はまだ居ない。

「おっ。あの獣人、剣を使うみたいだぞ」

リューシンが剣を使おうとしている獣人を見つけた。その黒豹の獣人は、日本刀のような剣を携えていた。彼は剣を鞘に入れたまま的の前に立つと、半身になって腰を落とす。

そして――一閃。

超高速で振られた刀が的を切り裂いた。斜めに切り裂かれた的の上部がゆっくり闘技台の上に落ちる。それとほぼ同時に、周りの獣人たちから歓声が沸き起こった。

「あの獣人、強そうだな！」

「うん」

斬られた的の断面には淀みがなかった。まるで居合の達人の技。それに、あの日本刀……。多分だけど、異世界から転移してきた勇者が刀の製法と、技を伝えたんだろう。黒豹の獣人は、その技を継承している。あの獣人と本戦で戦うことになったら、ちょっと苦戦しそうだ。

その後も獣人たちが的を攻撃していくが黒豹の獣人以後、的を破壊できた者はいなかった。ちなみに俺たち三人と獣王兵たち、その他数人の獣人は、出番が最後の方に指定されていた。的がボロボロになって、強度が低くなってから挑戦するためとかではない。強度の高い的を大量に用意するのは難しいらしく、現在闘技台の上に用意されている的と数本の予備があるだけなので、最初に強者が挑戦して的を破壊してしまうとそれ以降の審査ができなくなるからだぞうだ。というわけで的を破壊できる見込みのある者は、順番が後ろの方に指定される。

多くの獣人の挑戦が終了した。そろそろ俺たちの出番だ。まず、メルディが呼び出された。

「それじゃ、行ってくるにゃ」

「あぁ。訓練の成果を見せてやれ！」

「頑張れよ」

俺とリューシンがメルディを後押しする。メルディならやれるはずだ。

メルディが的の前に立つと、周囲の獣人が騒ぎ始めた。

「おい、アレ！」

「メ、メルディ様じゃないか!?」

「いつお帰りになったんだ？」

「ついに、武闘会に出られるのか……」

多くの獣人がメルディの登場に驚いていた。俺とリュカ、ティナが国軍の治癒をしていた時、
メルディは獣人王のもとに居たのでメルディが帰郷していることはあまり広まっていなかった。

そしてメルディが武神武闘会に出るのは、これが初めてなのだとか。

「しかし、メルディ様は魔法あってこそだろ？」

「あぁ。物理系は、平均よりちょっと上くらいだ」

「魔法無しで本戦に行けると思っていらっしゃるのか？」

メルディを小馬鹿にした発言も聞こえてきた。魔法職なのに魔法を使わない戦闘で、この国

で平均以上の強さって十分じゃないか？　しかも今のメルディは、魔法と認識されない魔法を使える。彼女を見下している獣人たちに、ひとこと言ってやろうかとも考えたが――やめた。獣人には、言葉で伝える必要なんてない。その力を、目の前で見せつけてやればいいんだ。

メルディは周りの獣人の声など気にせず、集中していた。彼女の全身から魔力が放出される。肉体強化魔法は使用できるので、既に使用している。高レベルの魔法職であるメルディが、全力の魔法で自分の身体能力を強化しているんだ。この時点で彼女は、物理職の獣人と同等かそれ以上の物理攻撃力になっていた。だが、この程度で的は破壊できない。

的の表面には斬撃耐性や刺突耐性を持つキレヌーという牛みたいな魔物の皮が使われていて、的の中には衝撃を吸収しやすい鋼砂《こうさ》という砂が詰め込まれている。この構造によって、的は斬っても突いても傷が付きにくく、尚且つ打撃への耐性も高いのだ。

だからメルディは、的を破壊するために一段階自分の技を昇華させる必要があった。彼女は放出した魔力を、自分の周囲に集めた。まだまだ収束が甘く完成形とは言えないが、魔衣として形になっている。的に向かって両手を上げ、ファイティングポーズをとる。

そして的に向かって、右の拳を突き出した。

その拳が的に当たる瞬間――

メルディは全身に纏っていた魔力を、拳に超高速で移動させた。

拳と魔力の塊が刹那の時を空けげず、同時に的に到達する。メルディの拳が当たったのと反対側――的の裏側から盛大に鋼砂が吹き出した。鋼砂がメルディの拳から生じた衝撃波を吸収しきれず、キレヌーの皮で作られている的の表皮を内側からぶち破って飛び出したのだ。

「――っ!?」

「おおぉぉぉ！」

「す、すげぇ！　メルディ様すげぇ!!」

「おい、見たか？　魔法検知の水晶玉、反応しなかったよな!?」

「あ、あぁ。反応してない」

「メルディ様が、魔法無しでここまでの力を」

獣人たちから歓声が上がる。先程メルディを小馬鹿にしていた獣人たちも、反応がコロッと変わっていた。獣人族は強い者に憧れるという性質があるので、こうして力を見せつけてやるのが一番手っ取り早い。

ちなみに、メルディがやったのは魔衣の応用だ。物理攻撃を行う瞬間、全く同時に魔力の塊を当てるとそこに衝撃波が生まれる。ただ魔力を手に纏って殴るのとは違う。魔力を移動させ攻撃対象にぶつける必要があるのだが、この魔力をぶつけるタイミングが非常に難しい。俺はこれの修得に二年ほどかかったというのに、メルディに教えたら僅か二日でできるようになってしまった。獣人娘のバトルセンス……恐るべし。

「ハルト、やったにゃ！」

「メルディ、良くやった。完璧だったぞ」

嬉しそうに戻ってきたメルディの頭を撫でてやる。

気持ちよさそうに目を細めるメルディが、とても可愛く見えた。

「えへへー」

そう言いながらリューシンが、的に向かって歩いていった。

「さ、次は俺がやってくるよ」

「頑張れよ」

「リューシン、ファイトにゃ！」

リューシンは振り返らずに手を振った。たぶんリューシンは大丈夫。こいつは一切の魔法を使用せず、俺の炎の騎士を倒せる力があるのだから。

メルディが破壊した的とは別の的のもとに案内されたリューシンは、既に身体の数箇所を竜化させていた。以前のように腕全体を竜化させたりしていない。拳から手首、肘、肩、腰、膝、そして足の各部を少しずつ竜の鱗が覆っている。

リューシンはまだ、全身の竜化ができない。これは時間をかけて成長していくしかないらしい。しかし彼は魔人に負けたことで、全身の竜化ができなくても戦える方法を身に付ける必要があると考えた。そんなリューシンが俺の炎の騎士との訓練中に編み出したのがこの、身体を動かす各部だけ竜化させ、身体能力を飛躍的に向上させる『部分竜化』だった。

竜人族《ドラゴノイド》であるリューシンは元々、ドラゴンスキンという種族スキルによって、かなりの防御力がある。なので竜化を防御に一切使わず、攻撃するのに必要な部位にだけ使うようにしたのだ。その結果――

「滅、竜、拳!!」

物理攻撃に優れた獣人ですらほとんどの者が破壊できない的を、軽く吹き飛ばす力を手に入れていた。あまりの破壊力に、周囲にいた獣人たちが目を見開いて固まっている。

しかし、ドラゴノイドなのに『滅竜拳』という技名はどうかと思う。ドラゴンスレイヤー《滅竜士》とかが使う技名だろ？　お前が使ったら、同族殺しの技になるじゃん……。

本人曰く、ゴロが良くて発声しやすいから、これにしたのだと言っていた。リュカが聞いたら、たぶん怒るだろう。リュカが観戦する本戦では違う技名にするよう、リューシンに忠告しておいた。

そして、俺の番がやってきた。

「よし、行ってくる！」

「ハルト、ガンバにゃ！」

メルディが応援してくれた。

「なぁ、ハルト……。お前、ほんとにそれを使う気か？」

「もちろん！　俺は獣人みたいに身体能力は高くないし、リューシンみたいに竜化もできない、ただの人族だからな。せめて武器くらいは使わせてもらうよ」

何かを気にしているリューシンの質問に答えて、俺は的へと足を向ける。

アルヘイム《エルフの王国》で貰った宝剣、覇国を背負って。

——＊＊＊——


私はリリア。獣人の王国ベスティエの、国軍に所属している犬の獣人です。

兵士になって、まだ二年目。ですが私は、花形部署と言われる王都守備部隊に配属されていました。兵士養成所での成績が良かったので、スピード出世ってやつです。ちなみに王都守備部隊の兵になるには、それなりの実力が必要です。無理やり検問所などを突破して王都に入ろうとする輩を、止める必要がありますから。

とはいうものの、私が王都守備部隊に配属されてから、ここで戦闘になったことは一度もありません。王都の検問所の前に、国に入るための検問所があります。そこで国に反旗を翻すような不穏分子のほとんどが弾かれるので、割と平和な日々を送っていたのです。

しかし、今からおよそ一ヶ月前。王都の平和を破壊する災厄が、この地に降り立ちました。

魔人がこの国を襲撃したのです。

この世界の諸悪の根源は邪神です。その配下に悪魔がいて、更にその悪魔の配下に魔人がいます。魔人は魔族や魔物を使役して、私たちヒトを襲います。中には魔人より強くて、魔人の命令を受け付けない魔族もいるみたいですけど……。

今回、私たちの国を襲ったのは魔人が使役する魔物などではなく、魔人そのものでした。大きな二本の角を持つ魔人が突然現れ、訓練中だった国軍の中隊を壊滅させたのです。魔物などとは、比較できないほど強かったと聞いています。多くの獣人が傷付き、亡くなりました。

実は国軍《そこ》に、私と兵士養成学校で同期だった猫獣人のサリーも居たのです。彼女は魔人に立ち向かい、右手と両足を破壊されました。何をされたのかすら、分からなかったそうです。サリーは命を取り留めたものの、彼女はもう兵士としては戦えません。普段の生活ですらまともに送ることが困難なほどの大怪我でしたから。

私がお見舞いに行った時、彼女の容態は安定していましたが、私を見るなり彼女は泣き出してしまいました。

「リリア、私……。もう、戦えないにゃ」

そう言って彼女の目からは大粒の涙がこぼれ落ちました。戦闘系の獣人は戦いの中でこそ、その魂が最も輝きます。戦えることに喜びを覚える種族なのです。私は泣きじゃくる彼女を、抱きしめることしかできませんでした。

サリーは私より、ずっと強かったのです。そんな彼女が、何をされたか分からないうちに、ここまでのダメージを負ったというのが信じられませんでした。サリーに絶望を与えた魔人はこの国の王様と、獣王兵という最強の兵士たちがなんとか撃退してくださりました。

しかしその王様も、魔人の呪いによって倒れてしまいました。この国に王様と獣王兵より強い戦力はありません。一番強い獣人が、王様になれるからです。

国に絶望と恐怖が広まりました。もし今、また魔人がやってきたら？

軍の上層部は、魔人が再びこの国を襲いに来ると考えていたようです。魔人の襲撃に備えるよう、私たち兵士に通達がありました。備えていても、獣人王様が勝てない魔人を相手に、私たちが何をできるというのでしょうか？　私は怖くなりましたが、逃げられません。王都にいる非戦闘系の獣人たちを、守らなくてはいけないのです。私は、兵士ですから。

それから一ヶ月が経ちましたが、魔人はまだ来ません。王様が与えたダメージがかなり大きかったようです。ですが油断せずに警戒を続けます。

そんなある日でした。私が彼に会ったのは――

魔人の襲撃以降、国は警戒を強め、ほとんどの兵士が対魔人用の布陣で要所の守りを固めています。魔界と、私たちが暮らす人間界を繋ぐ転移門を使用してどこにでも出現できる魔人が、素直に王都の門から入ってくることはあまり想定されていませんでした。ですから正直、検問所の警備は手薄でした。

普段は検問所を担当する兵士たちの多くが他の場所の警備に連れていかれ、ここの人員は必要最低限しかいません。検問所責任者と私、それからその日はお休みだったふたりの獣人、計四人の兵で検問所を回していたのです。魔人襲来に備えて入都規制がされていたので、そもそも検問所に来る人は少なかったです。仕事はやってきた商人に一時滞在許可証を発行するのと、観光客を追い返す程度のものでした。

その日、私は検問所の責任者とふたりで仕事をしていました。責任者を任されるほどの力があるお方ですが、私のような新兵にも気軽に接してくださり、キツいお仕事も率先してやってくださる獣人です。そんな検問所責任者から、お呼びがかかりました。『試練』を受けたいと言う人が来たそうです。

「それでは、私についてきてください」

私は人族の青年と、フードを被った猫系獣人の女の子を連れて、不倒ノ的《たおれずのまと》が設置されている試練所にやってきました。実を言うとこの時、私はこのふたりに全く期待していませんでした。試練では魔法の使用が禁止されています。そして人族の青年からは、あまり闘気が感じられませんでした。

しかし審査を求められたら、それに対応する必要があります。試練を受ける方には出身国や名前などを聞かなくてはいけません。人族の青年の名は、ハルトさんというそうです。グレンデールという人族の国から来たと言いますが、そんな遠い所から何をしに来たのでしょう？

一緒に居る獣人の女の子が、何か関係しているのでしょうか？　それから私は、この女の子の匂いをどこかで嗅いだことがある気がするのですが……。思い出せません。

そんなことを考えていたら突然、ハルトさんが手元に炎の槍を出現させました。

当然、魔検知の水晶が激しく反応します。

「魔法はダメだって言ったでしょう！」

「ごめんなさい。魔法使ったらどうなるか知りたくって」

私の注意は軽く流されてしまいました。

「次も同じように魔法使ったら、即失格にしますよ」

厳しく忠告して、私は水晶玉をリセットしました。

まったくもう、バレないとでも思ったのでしょうか？

私は彼が不正しないか、しっかり観察することにしました。

……あ、あれ？　闘気が、膨れ上がってる？

私は自分の感覚を疑いました。

だってハルトさんの闘気が、獣人王様のそれより力強く感じたんです。

その数秒後、私は更に驚愕することになります。

ハルトさんが不倒ノ的を吹き飛ばしたのです。魔検知の水晶も反応しませんでした。

「――なっ、え、はぁ!?」

意味が分かりませんでした。

ハルトさんは細身の人族で、魔法も使っていないはず。それなのに不倒ノ的を数メートルも吹き飛ばしてみせたのです。ちなみに不倒ノ的は重さが数トンあります。

その後、私は何度も魔検知の水晶の記録をチェックしました。

「嘘、全く魔法を使った形跡がない……」

特におかしいのは、肉体強化魔法すら使用した記録がなかったことです。

ここベスティエでは試練の際に、肉体強化魔法だけは使用が許されます。なので、魔検知の水晶も肉体強化魔法には反応しません。反応はしないのですが、肉体強化魔法を使用した記録は残るのです。それがない——つまりハルトさんは、本当に一切の魔法を使わず、不倒ノ的を吹き飛ばしたのです。何か特殊なスキルでもお持ちなのでしょうか？

色々聞きたいことはありましたが、その後直ぐに検問所の責任者がやってきて、ハルトさんの希望に従い、彼らを王都内部に連れていってしまいました。

不倒ノ的を倒して力を示したので、ハルトさんはこの国の賓客となり、多少の無理は押し通せるようになりました。彼の願いは、お連れの獣人と王都に入ることだったようで、検問所責任者が王都内へと案内していきました。入都規制されている時は、この国の獣人ですら厳しく入都が制限されますが、不倒ノ的を倒した彼にはそんな制限を受ける謂れも無くなるのです。ちなみに緊急時、王都から外に逃げる場合はほとんどノーチェックです。

私は破壊された的の後片付けを始めました。私ひとりで不倒ノ的を移動させたりはできないので、周囲に飛び散った破片を片付ける程度です。なるべく早く的を移動させて、新しい的を設置しないといけません。別の場所の警護に駆り出されている、王都守備部隊の同僚たちを応援に呼ぶ予定です。その時に、すごいヒトがこの国に来たって教えてあげましょう！

ふと、先程の彼の勇姿が頭を過ぎりました。

流れるような動作、圧倒的破壊力、全てが素敵でした。カッコよかったです。魔法を使って不正しないか、穴が開くほど彼を凝視していたので、一挙一動の全てが記憶にあります。

私たち獣人は、強い人に憧れる性質がありますから、不倒ノ的を倒した彼をかなり美化して思い出してしまっているのかも知れません。それでも、目の前で武の最高峰とも言える力を見せつけられた私が、彼に惚れてしまうのは仕方ないことのです。

できることなら、ハルトさんにもう一度お会いしたい。そんなことを考え始めていました。

——＊＊＊——

翌日、私は非番でしたので、サリーのお見舞いにやってきました。ハルトさんが不倒ノ的を私の目の前で倒したことを、話して聞かせたかったのです。

戦えなくなった彼女に、こんな話をするのは酷だと思われるかもしれませんが、獣人は自分が戦えなくなった時、誰かの庇護下に入ることにはほとんど抵抗がありません。自分が強ければ弱者を守り、自分が戦えなくなれば強者の庇護下に入り生き延びる。そうやって繁栄してきた種族です。

とても強い人を見つけたという話は、どんな時に聞いても心がワクワクします。私はサリーがハルトさんの話を聞いて、生きる希望を持ってくれたらいいなって思っていました。ハルトさんの雄姿を、どうやったらサリーに上手く伝えられるか——そんなことを考えながら、彼女の病室の扉を開けました。

そこに、ハルトさんがいました。

「えっ!?」

私の身体が、完全に動きを止めました。

ハルトさんに会えたらいいなと、僅かな望みを抱いていたのですが、その望みが思いがけず早く叶ってしまいましたから、びっくりしました。

なんだか、ハルトさんが昨日より素敵に見えます。思い出補正ってやつでしょうか？

「昨日、王都の外で俺たちを案内してくれた方ですね。昨日はどうも」

「は、はい！　昨日、案内をさせていただいた、リリアです!!」

ハルトさんから話しかけられてしまいました。私のことを覚えてくださっていたようです。すごく嬉しいです。名前は憶えられていないかもしれないので、改めて名乗っておきます。

ところで、ハルトさんはサリーの病室で何をしているのでしょうか？

「それじゃ、包帯外しますね」

「は、はいにゃ……」

ハルトさんがサリーの腕に巻かれた包帯を外し始めました。サリーの右手と両足は魔人によって奪われています。その傷痕がどうなっているか、私はまだ見ていません。

腕の包帯が、全て外されました。

「ひ、酷い……」

思わず声が漏れます。サリーの手足は、まるで根元から無理やり捻り切ったように、ぐちゃぐちゃになっていました。傷口はこの国の療術士によって既に塞がれていて、出血はしていないものの、とても直視できるような状態ではありません。サリーも自分の手足を一瞬見て、顔を青くし、すぐに目を背けました。そんな中、ハルトさんは――

「うん。これくらいなら、俺でもなんとかなるね。臓器とかは傷付いてないみたいだし」

一切躊躇うことなくサリーの右腕の傷に触れて、そう言ったのです。

「ほ、本当に治るんですかにゃ？」

「大丈夫。俺を信じて」

えっ……。ど、どういうことでしょう。サリーの手足が、治るんですか？

私はハルトさんが何をするつもりなのか、分かりませんでした。

「ヒール」

私の疑問に応えるように、ハルトさんはサリーのなくなった右腕の根元にヒールをかけ始めました。ヒールは療術系で最下級の魔法です。戦闘系獣人でも使える人がたまに居るほど、簡単な魔法なのです。簡単な代わりにできることと言えば、小さな傷を塞いだりする程度。

そのはずでした。

サリーの奪われた右手の付け根から何か繊維のようなものがいっぱい伸びてきました。その繊維が複雑に絡まり合いながら、どんどん伸びていきます。

十秒ほどでその繊維の塊は、手の形になりました。どこからどう見ても、以前のサリーの腕です。継ぎ目なども全くありません。

「あっ、あぁ、あぁぁぁぁ！」

サリーは自分の右手を抱えて、泣き始めました。言葉が出てこないようです。無理もないでしょう。無くなったはずの、もうどうしようも無いはずの腕が治ったのですから。私はと言うと、ハルトさんの神業《ヒール》をただただ眺めて、唖然とするしかありませんでした。

ヒールですよ？　最下級の回復魔法ですよ？

いったい何故こんなことができるのか、私には見当もつきません。でもひとつだけ分かるのは、ハルトさんが私の友人の腕を治してくださったということです。

「どう？　動く？」

少し不安そうにハルトさんがサリーに尋ねます。

「う、うごきますにゃぁ」

サリーは男勝りの性格をしています。普段の彼女だったら、絶対に男性には弱みを見せないのです。そんな彼女が涙をポロポロこぼし、鼻水も出しながら右手を動かしてみせました。

失った手を再生してもらえた――それだけでも療術士の少ないこの国では、奇跡に近いことなのです。しかしハルトさんの奇跡は、ここで終わりではありませんでした。

「うん、良さそうだね。じゃ次は、足の方いこーか」

――＊＊＊――

ハルトさんのおかげで、私の友人サリーは五体満足の状態に回復しました。

「ありがとうございますにゃ！」

「私の友人を助けてくださり、ありがとうございました」

サリーとふたりでハルトさんにお礼を言いました。サリーは私の隣で、自分の足で立っています。また、こうしてふたりで並んで立てるなんて……。ハルトさんは私の友人に、生きる希望どころか、再び戦場に立つことのできる身体を与えてくださったのです。

「最初は慣れないかもしれないから、無理はしないでね。俺は、他の人を治しに行くから」

そう言ってハルトさんは、サリーの病室を出ていきました。


「リリア!!」

サリーが抱きついてきました。

「サリー。良かったね！」

「うん、うん。ありがとうにゃ」

その後、サリーからハルトさんのことを聞きました。ハルトさんはなんと、この国を襲った魔人を倒して、王様の呪いを解いたんだそうです。そして仲間の皆様と、国軍の兵士を治してくださっていたのだとか。昨日亡くなった兵士すら回復させたという話を聞いて驚きました。そのハルトさんの奇跡を軍上層部から事前に伝えられていたため、先程サリーは素直に彼の治療を受けたのだそうです。

サリーからハルトさんの話を聞いて、私だけ驚くのはズルいです。なので私は、ハルトさんが不倒ノ的を私の目の前で、魔法も使わずに倒したことを話しちゃいました。サリーも驚いてくれました。ふふふ、これでおあいこです。

——＊＊＊——

サリーが回復して十日が経ちました。今日と明日、この国の最強を決める武神武闘会が開催されます。私は今回、運営側のお手伝いに駆り出されることになりました。いつかは大会に参加して、自分の力を誇示したいと思います。

サリーは大会に出るようです。配属されたばかりの国軍で、いきなり小隊の副隊長に任命されるほどの実力を持つ彼女ですから、かなりいい所まで行けちゃうのではないでしょうか？

そう思っていたら、彼女は本当に予選を通過しちゃいました！

的を破壊できなくとも、ある程度以上のダメージを与えたと認められると本戦への参加ができます。サリーはそれをクリアしたのです。

凄いです！　私の友達、凄いです!!

なんでも、ハルトさんが治してくださった右腕と脚の調子が、すごく良いらしいです。

その後、予選会は大きな問題なく進んでいきました。私が担当する的は、結構ボロボロになってきましたが、まだ破壊に至る人はいませんでした。参加者のナンバーが書かれた名簿に目を落とします。次の人で、私の担当は終わりですね。

「次、九九七番の方、お願いします！」

　参加者を呼び出しました。九〇〇番後半は的を破壊できる可能性が高い方が来るので、ちょっとワクワクします。どんな力で、武器で、技で的を破壊してくれるのでしょうか？

　しかし私はつい先日、武の最高峰とも言える力を持った御方を見てしまいました。それ以上を期待するのはダメでしょう。武の最高峰とはもちろん、彼のことです。

「またお会いしましたね。よろしくお願いします」

　そうそう。この人、ハルトさんです。

　──えっ？

　私の目の前にハルトさんが、彼の身の丈ほどもある大剣を担いで現れました。

　ハルトさんは、エルノールルです
「ハ、ハルトさん!?」

「はい。ハルト＝エルノールです」

　ハルトさんは、エルノールという家名だと知りました。

　リリア＝エルノール。ちょっと、良いかも……。

　──はっ。わ、私はいったい何を!?

　ハルトさんと幸せそうに、食卓を囲んでいる様子が頭の中に浮かんできました。

　しかし今は、お仕事中です。残念ですが、その幸せなイメージを消しさって、お仕事に集中することにしました。

　さて、気になるのはハルトさんが背負っている大剣です。入都審査の時に、彼はこんな大きな剣を持っていませんでした。いったい、どこから持ってきたのでしょう？　この王都で作ってもらったとは考えにくいです。この国に、ハルトさんが持っているような大剣を作れる鍛冶師はいませんから。凄く綺麗な、まるでエルフの王国に伝わる宝剣とも思える剣でした。

実は私、武器マニアなんです。各国の宝剣や宝具は、絵などが公開されている物であれば、そのほとんどが頭に入っています。ハルトさんが持っている大剣は、アルヘイムの宝剣『覇国』と非常によく似ていました。

まさか……ね？

私がそんなことを考えていたら、ハルトさんが大剣を片手で振り上げ、上段に構えました。やはり、似ているだけで違う剣ですね。覇国はすっごく重いって本に書いてありましたから。兵士数人がかりで運ばなくてはいけないほどだそうです。それをあんな風に、片手で持てるわけがありません。

それにしても、ハルトさんの全ての動きが綺麗過ぎて見とれてしまいます。

「あの……。もう、やっていいですか？」

ハルトさんに見蕩れていたら、的への攻撃をしていいかと確認されてしまいました。

「えっ、あっ！　はい、大丈夫です」

慌てて返事をします。しかし、大丈夫ですとは言ったものの、今ハルトさんは的から五メートルほど離れた所に立っています。

こんな所で構えてどうするのでしょうか？　しかも、構えは上段。

もしかして、上段で大剣を構えたまま、五メートルダッシュして、勢いを付けて的に斬り掛かるつもりですか？

いくらハルトさんでも、それはダサいかと……。

ハルトさんが大剣を振り下ろしました。

・・・その場で、です。

「──は、はい？」

意味が分かりませんでした。

五メートルも離れたところにある的が、中心から左右真っ二つに割れたのです。割れたものの、まだ的は立っていました。そして彼の動きは、止まりませんでした。

大剣が今度は左下から右上に向かって斬り上げられました。

それから、右薙ぎ、袈裟斬り、左薙ぎ──

私が視認できたのは、ここまでです。どんどんハルトさんの動きが速くなっていったからです。私は獣人族の中でも、動体視力が優れている方だと自負していたのですが、途中からハルトさんの振る大剣が見えなくなってしまいました。

大剣の動きは見えませんでしたが、代わりにハルトさんが居る位置から的に向かって何かが飛んでいくのが見えるようになりました。その何かは的まで真っ直ぐ飛んでいくと、的に吸い込まれるように的を斬り刻みました。まるで飛ぶ斬撃。

そういえば、かつてこの世界を救った勇者様は覇国を使って、数メートル離れた所にいる敵を斬り伏せられる技を持っていたそうです。空を裂く斬撃――裂空斬という伝説の技です。武の奥義と言っても良いでしょう。

獣人が扱う武術は、基本的に接近しなければいけません。種族的に物理攻撃系の職に適性が出やすい獣人は、近接格闘系が多いのです。弓矢や、飛び道具を使う獣人なんかも、ほとんどいません。獣人の多くが、モノを投げたりするのが苦手なんです。

これは仮定のお話ですが、種族ステータスが高く、圧倒的な物理攻撃力と攻撃速度を誇る獣人が、離れたところから物理攻撃をしてきたらどうでしょうか？

そうです。強いに決まっているんです。

しかし遠方の敵に飛び道具も使わず、物理攻撃をできた獣人は過去にひとりしかいません。そのひとりとはかつての獣人王で、死後に神格へと至った武神様です。その武神様しか成し得なかった奥義が、私の目の前で繰り出されていました。

最初の斬り下しから十秒ほどでしょうか。ハルトさんの動きが、ピタっと止まりました。

そして覇国――もう、この時点で私はこの剣が覇国だと信じてしまいました――を闘技台に突き立てたかと思うと、ハルトさんは不倒ノ的へと高速で駆け出しました。

不倒ノ的の前で、彼があの構えをします。王都外の試練所で、的を吹き飛ばしたアレです。的は切り刻まれ、至る所から中身である鋼砂がサラサラと落ち始めていました。放っておけば、数秒後には崩れ落ちるであろう、その不倒ノ的に向かって――

「せいっ!!」

彼の拳が叩き込まれました。

またまた意味が分かりませんでした。だって、既にバラバラに斬られているんですよ？

そのバラバラになっているはずの的が、重さ数トンにも及ぶ鋼砂の塊が――

なぜか拳ひとつで、真っ直ぐ吹っ飛んでいったのです。

吹っ飛んでいった先には、この円形闘技場で出たゴミを一時保管するエリアがありました。

不倒ノ的の残骸はそのほとんどが、綺麗にそこに入ったのです。

「よし！　完璧だ」

ハルトさんは満足気でした。そして私の方に振り返り、笑顔でこう言いました。

「これで後片付けは楽になりますよね？　リリアさん」

彼に名前を呼ばれた時、自分の心臓が強く鼓動したのが分かりました。

繰り返しになりますが、私は獣人なんです。強いヒトに惹かれてしまうんです。そんな私は、
気付けばハルトさんを目で追いかけるようになっていました。

それからこれは、私の思い込みかもしれませんが……。ハルトさんは私のために、不倒ノ的をゴミの一時保管エリアまで吹き飛ばしてくださったみたいです。正直、私のためっていう確証はないです。でも、いいじゃないですか。そういうことにしておいて、色々と妄想するのは個人の自由です。ヒトを好きになるのも、個人の自由です。

すごく強くて、かっこよくて。それに私のことを気遣ってくれるハルトさんと、私は一緒に

なりたい。そう思ってしまったのです。

――＊＊＊――


武神武闘会の予選を無事に通過した。もちろん、メルディとリューシンも。

俺たちが変な輩《やから》に絡まれないよう護衛してくれていた獣王兵も、十人全員が的を大きく破壊して本戦への進出を決めた。

予選の最後に登場した獣人王は、軽々と的を吹き飛ばした。さすがだ。

それ以外だと、的を破壊できたのは黒豹の獣人だけだった。残りは的へのダメージをどれくらい与えられたかで予選突破できるかどうかが決まる。そうして、俺たちを含む五十人の本戦出場者が決定した。

本戦が始まる前、ふたりの獣人が俺のところへやってきた。

「ハルト様。本戦への進出、おめでとうございますにゃ」

「お、おめでとうございます！」

お祝いを言いに来てくれたのは猫系獣人のサリーと、犬系獣人のリリアだった。

「ありがと。サリーも、本戦に出るんだよね？」

「は、はいにゃ！　ハルト様のように、的を壊すことはできませんでしたが……。ですが本戦では必ず、私がハルト様のお役に立てるくらいの力があると証明してみせますにゃ!!」

リリアが闘志を燃やしている。彼女はこの大会で実力を示すことができたら、俺の配下にしてほしいと言っていた。とはいえ、今のところ俺に配下はいない。俺はヨウコと主従契約を、マイとメイとは召喚契約を結んでいるが、彼女たちは配下じゃなくて仲間。家族みたいなもんだと思ってる。

なんとかそのことを説明しなくちゃと思っていると、サリーがリリアの背中を押して俺の前に連れてきた。

「ハルト様。リリアのことを、ご存じですかにゃ？」

「うん。知ってるよ」

ベスティエの王都に入る時と、サリーの手足を治した時、それから武神武闘会の予選で会ったし、少し会話もしている。

「リリアの戦闘センスは、私と大差ないですにゃ。もし私の力をハルト様が認めてくだされば、その時はリリアも一緒に、ハルト様の配下にしていただきたいのですにゃ！」

「よ、よろしくお願いします!!」

リリアが勢いよく頭を下げた。ふたりとも、すごく真剣なのが分かる。だから俺は、かねてから考えていた『あること』を近々、実行することを決めた。

「……分かった。いいよ」

「「――っ!!」」

リリアとサリーの表情が、パァっと明るくなった。

「ハルトさん。ありがとうございます!!」

「ありがとうございますにゃ！　このサリー、全力で頑張るにゃ!!」


――＊＊＊――


翌日。これから、武神武闘会の本戦が始まる。本戦は一対一のトーナメント形式となっている。このトーナメントで優勝すれば、獣人の国ベスティエの王になれる。

「獣人以外……。例えば俺とかが優勝しちゃったら、どうするんですか？」

ふと疑問に思って、獣王兵に聞いてみた。

「優勝したのが人族であるハルト様であっても、この国の王になっていただけます。しかし王位が不要であれば、それを放棄することも可能です」

過去には優勝しても王にはならず、トーナメント上位に入った別の獣人を王に任命した武神武闘会の覇者もいたらしい。

勝者こそが全てであり、その意向には国全体が異を唱えずに従うという。また、この国ができることであれば、武闘会の優勝者はどんなことでも望みを叶えられる。

そういうことなら、大丈夫そうだな。俺はこの大会で優勝したかった。優勝して、メルディをエルノール家に迎える。それが俺の目標だ。

しかし優勝できたとしても、王様になるのは無理。俺には、国の運営なんかとてもできない。

それに邪神を一発殴るっていう最終目標のために、今よりもっと強くなる必要がある。賢者である俺には、魔法学園で学ぶべきことが多く残されていた。

「王になることは断れます。強者の願いは、この国において絶対的なものですから。ですが私は、ハルト様にこそ我らの王になっていただきたいと考えています」

優勝しても王になるつもりがないってことを、獣王兵に見抜かれたみたいだ。

「ゆ、優勝できたら、考えてみますね」

獣王兵からあまりに熱い視線を送られるのでつい、そう答えてしまった。


——＊＊＊——


的を完璧に破壊できた者はシードになるようで、俺たちは二回戦から出ることになる。一回戦で自分の戦う相手の様子を見られるので、だいぶ有利になると思う。

トーナメントのどこに入るのか決めるくじを引いた。

そのおよそ十分後、対戦表が貼り出されたので確認しに行く。

「……マジか」

俺の対戦相手になる可能性があるのは、凄く身体の大きな熊の獣人。もしくは、サリーだった。このふたりの勝った方が、俺の対戦相手になる。

そりゃ、五十人のトーナメントなんだから、サリーと直接戦うこともあるかもしれないって思っていた。しかし、俺の初戦の相手になるかもしれないとなると、話が変わってくる。

女性を殴るのは、ちょっと嫌だなぁ……。

サリーには悪いが、できれば熊の獣人が相手になれば良いと思っていた。


――＊＊＊――


武神武闘会本戦の開会式が始まった。まず、獣人王が闘技台に上がる。

「我が不甲斐ないばかりに、多くの者を傷付けた。本当にすまない。幸い、異国の賢者が私を含め多くの兵を救ってくれたが、この世を去った者も多い。その者たちに誓おう。我が再び王になった時はこの国を、魔人なんぞに負けぬ強国にすると！」

力強い王の宣言に、円形闘技場を埋め尽くす数万の獣人が歓声を上げた。

「今ここに、武神武闘会の開会を宣言する！」

会場から沸き起こる歓声が、より一層大きくなった。獣人王――いや、今はただのライオンの獣人で、メルディの父か。元獣人王は名をレオと言うらしい。俺の兄の名に似ていた。そのメルディの父レオが闘技台を降りてくると、代わりに大臣の一人が闘技台に登っていった。

「では、武神武闘会のルールを改めて通達しよう。例年通り、武器の使用は可とする。また、武神様の定めた規則により、肉体強化以外の魔法の使用を――」

《許可する》

突然、頭に声が響いた。聞いたことのある声だ。闘技場に集まった全ての獣人にも、その声は聞こえたようだ。闘技台の上にいる大臣は意味が分からず狼狽えている。

その大臣の近くに、風が渦巻く。風が消えるとそこに、レオより身体の大きなライオンの獣人が立っていた。この世界の神の一柱、武神だ。

「武神様!?」

大臣が慌てて膝をつく。武の神殿で顕現したのを無かったことにしたので、武神が神格に至って以来、この世界に顕現したのはこれが初めてということになる。しかし武神が発する神性のオーラが、彼を神であることをその場にいる全ての者に理解させた。

「俺はかつて、己が持つ全ての力を活かして強者となれ。そして、その力で仲間を守れ——そう同族に言った」

武神の力強い言葉が、会場に響き渡る。

「しかし当時は今より魔法を使える獣人が少なく、魔法は獣人の力だと認識されてなかった。そしていつの間にか、獣人は魔法の使用を禁止するという掟になっていた。だが俺は、一度たりとも魔法禁止などと言ったことはない。魔法を使って戦える者は使えばいい。魔法も、獣人族の力の一部だからだ」

この言葉を聞いて、メルディが涙を零した。自分の力を認めてもらえたと思ったのだろう。

「故《ゆえ》に今ここで、武神の名において武闘会における魔法の使用を解禁する。その身に備える全ての力を用いて、最高の戦いを見せてくれることを期待する」

武神はその言葉を最後に、姿を消した。会場は静寂に包まれた。

そして会場にいる獣人たちの視線は闘技台の上の大臣に注がれる。

大臣がレオを見た。それに応えるようにレオが頷く。

「武器の使用は可とする。また、武神様の定めた規則により魔法の使用も可とする」

魔法の使用が許可された。武闘会で魔法を使えるように取り計らうと言った武神の約束が今、果たされたのだ。

その後、会場は騒がしくなった。武神が顕現し、長年に渡って守られてきた武神武闘会のルールが改変されたのだから当然かもしれない。そして会場にいる全ての者に対して、『魔法有りでなら不倒ノ的を倒せる自信のある者はいないか？』という確認がなされた。

本戦だけルールが改変されては、不満が出る可能性があったからだ。結果としては、誰も名乗り出なかった。高速で魔法を発動させながら戦える獣人は珍しく、そもそもそんなことができる獣人であれば魔衣も強力なはずなので、予選を突破しているだろう。

ちなみにルークが手を挙げようとしていたが、思い留まった。メルディとの一対一の戦闘訓練でボコボコにされたことを思い出したようだ。彼は強力な魔法が使えるが、魔法を発動させる前にメルディに接近され、何もできずにひたすら殴られ続けたのだ。

ルークの魔法の威力は賢者見習いとして相応しいレベル。しかし多彩さと、魔法の発動スピードという点で見るとまだまだ改善の余地がある。もちろん本人もそれを理解していた。

追加の参加希望者が居なかったので、本戦が開始されることになった。一回戦、第一試合は俺の対戦相手を決める、熊の獣人とサリーの戦いだ。ちなみに俺、リューシン、メルディ、元獣人王のレオはトーナメント表の四つの大きなブロックにバラバラに入れられた。予選で成績の良かった者――つまり、的の破壊率が大きかった四人は、準決勝まで対戦しないようになっているのだ。順当に勝ち上がれば俺とリューシン、メルディとレオが対戦することになる。

まぁ、順当にいけばって話だ。まずは初戦を勝たなくちゃ！　でも、やはり女性を殴るのは気が引けるので、できれば熊の獣人が勝ってくれるといいな。

そんなことを考えていたら、サリーが勝利してしまった。

彼女は圧倒的に強かった。熊の獣人の猛攻を軽々と躱し、ガードの空いた熊の獣人の脇腹に強烈な拳を叩き込んだのだ。その一撃で、熊の獣人は立てなくなった。

ヤバい……。女性だから直接殴らないようにしなきゃとか、色々言っていられないくらい強いかもしれない。

――＊＊＊――

一回戦が全て終わった。俺の周りはみんな二回戦からなので、特筆すべきことは無い。

今から二回戦が始まる。まずは俺と、サリーとの対戦だ。

初めはどうやって手加減しようか、などと考えていたけど、一回戦の様子を見る限りそんな必要は無さそうだな。それに獣人相手に手加減をするというのは、相手を侮辱する行為に当たるらしいので全力で行かせてもらおう。

まず俺が闘技台に登る。続いて猫の獣人、サリーがやってきた。一回戦で体格の良い熊の獣人を圧倒したせいか、サリーが登場した時の方が会場から大きな声援が上がった。

そりゃ、可愛い女の子が強い方が盛り上がるよな……。

少しやりにくい。

「あの、ハルト様……。全力で行かせてもらってもいいかにゃ？」

サリーが凄く申し訳なさそうに尋ねてきた。彼女も、身体の欠損を治してあげた俺に対して、全力で攻撃してくるというのは気が引けるのだろう。でも、獣人たちはこの武神武闘会に人生をかけてる者も居るらしいので、悔いを残してほしくはない。

「全力で大丈夫。もし、俺に一発でも攻撃を当てられたら、配下にしてあげる」

そんなことを言ってしまった。サリーが全力を出せるようにしたかったとは言え、かなり挑発的な発言。ちょっと、やっちゃった感がある。国で一番強い者を決める大会ということで、俺も知らぬ間にテンションが上がっていたらしい。調子に乗ったことを反省します。

でも、サリーは——

「ありがとうございますにゃ！　このサリー。全身全霊をかけて戦わせてもらいますにゃ!!」

そう言ってくれた。サリーはあまり悪い気はしていないようで、ホッとする。心做しか、彼女の頬が赤くなっている。

さて。あんなことを言ってしまって簡単に負けたら恥ずかしいので頑張ろう。

俺とサリーの対戦が始まった。サリーはこちらの出方を窺っている。

それは悪手だ。俺は賢者なので、サリーとしては対戦の開始と同時に接近して、俺に魔法を使わせる間もなく攻撃してくるのが正解だった。しかし、サリーは俺が魔人を倒したことを知っているが、俺が賢者であることは知らない。おそらく警戒して、様子見を選択したのだろう。

いきなり来られないなら、こっちのものだ。

「ファイアランス！」

「――っ!?」

サリーが動揺する。そして会場もどよめいた。

俺が炎の騎士を出現させたからだ。魔法が解禁されたとはいえ、一回戦で肉体強化以外の魔法を使い戦った者は居なかった。

さぁ、コイツを相手にどこまでできるかな？

俺は炎の騎士をサリーに突撃させた。

動揺していたサリーだったが、高速で向かってくる炎の騎士を見て、直ぐに気持ちを切り替えたようだ。炎の騎士の初撃を紙一重で躱す。そして熊の獣人にやったように高速で炎の騎士の側面に回り込み、ガードのない部分に拳を叩き込もうとする。

しかし炎の騎士は魔法だ。槍を突き出して攻撃が終わりなわけじゃない。

炎の騎士に拳を叩き込もうとするサリーに向かって、炎の騎士の身体の側面から第二の槍が飛び出した。

「くっ!?」

身体に当たる寸前のところで、サリーは強引に身体を捻って攻撃を避けた。

ほう。これを避けるのか。正直、これで決まると思っていた。

過去にリューシンたちを襲った魔人。そいつを苦戦させた炎の騎士の攻撃を、サリーは避け続けた。

途中、炎の騎士を俺が操っていると判断したサリーが、炎の騎士を無視して俺に突撃しようとしてきた。しかし炎の騎士がそれを許さず、どうしても俺への攻撃ができなかったサリーは、炎の騎士への攻撃を再開した。

彼女を観察していて、気付いたことがある。炎の騎士が攻撃に移る一瞬前に、サリーはどんな攻撃が来るのかを何らかの方法で察知しているようだった。そうでもなければ、炎の騎士の攻撃をここまで避け続けはできないだろう。

もしかしたら俺の兄、レオンの様に超直感などのスキルがあるのかもしれない。

んー。これじゃ、埒があかないな。申し訳ないけど、そろそろ終わらせよう。

サリーは炎の騎士の相手で精一杯で、まったく俺への警戒をしていなかった。だから俺は、ゆっくりと準備することができた。全身から魔力を放出して周囲の空間に溜める。その魔力を魔衣として纏う。

よし。もう君は、用済みだよ。

炎の騎士を消した。

急に敵が消えたことに驚き、続いて俺の存在を思い出したように俺を見たサリーの顔に絶望の色が浮かぶ。俺が纏う膨大な魔力に気付いたからだ。あるいは今後の未来を予測できてしまい、それから逃れられないと気付いたのだろう。

「ゴメンな。また次回、頑張ってくれ」

そう言って俺は拳を突き出した。

予選で不倒ノ的を吹き飛ばした攻撃だ。

ただ普通に殴るのではない。魔力を固めた巨大な壁を押し出すイメージ。今回の壁は縦五メートル、横十メートルぐらいのサイズがあるので、サリーに逃げ場はない。

サリーは壁に押され、綺麗に吹っ飛んだ。

さすがは猫の獣人。吹っ飛ばされながらも空中で体勢を直し、しっかり足で着地した。

——闘技台の外に。

武神武闘会では相手に負けを認めさせるか、闘技台の外に相手を落とせば勝ちとなる。

つまりこの戦い、俺の勝利だ。

「怪我とか、大丈夫？」

審判が勝利宣言をしてくれたので、闘技台を降りてサリーのもとへと移動した。ちなみに会場は大いに盛り上がっていた。魔法を使ったとはいえ、一回戦で活躍したサリーを圧倒した俺に対して称賛の声が多かった。会場に設置されていた魔検知の水晶が反応しなかったので、サリーを吹き飛ばした技は魔法ではないと思われているせいかも知れない。

「身体は大丈夫ですにゃ。でも、ハルト様に一撃与えるどころか、近づくこともできなかったですにゃ……」

サリーは、今にも泣きだしそうなくらい落ち込んでいる。獣人族は耳や尻尾で、その気分が凄く分かりやすい。彼女がここまで落ち込んでいるのは、親友であるリリアのことも気にしているというのもあるだろう。サリーが俺に実力を認めさせれば、リリアも一緒に仲間にしてあげるってことになっていたから。

「炎の騎士《アレ》が五体居たら、魔人を倒せるくらいの魔法だから。そんなに気を落とさないでよ」

「そ、そうなのですかにゃ？」

「それより、良くアレの攻撃避け続けたね。なかなか難しいと思うんだけど……もしかして、超直感とか持ってる？」

「いえ。私が持っているのは、直感強化ってスキルですにゃ。レアスキルである常時発動型の超直感とは違って、スキルのオンオフは自分の意思でやらないといけないのですにゃ」

魔人に攻撃された時は、魔人が発する殺気で恐怖状態になり、上手くスキルの発動ができなかったのだと言う。

「そうなんだ。ちなみにさ、まだまだ先のことになるかも知れないけど……。いつか俺がクラン作ったら、そこに入ってくれない？」

この世界にはクランという集団がある。冒険者が複数集まって、共通の目的を持ち、活動する小集団だ。パーティーが複数集まってクランを自称することもある。自分たちで勝手にクランを名乗る者たちも居れば、国などから認められた正式なクランもある。国が認定したクランになると、定期的に国から割のいい依頼が来たりするので仕事に困らなくなるらしい。

俺も家族が増えてきたので、今後、皆を養っていける方法を検討し始めた方が良いと思い、色々調べた結果、国認定クランの運営が良いのではないかという結論に至った。それに、異世界に来たら、やっぱり自分のクランを持ちたいよね。目指せ！　世界最強クラン!!

サリーは今後もっと強くなりそうだし、配下になりたいと言ってくれた。配下とはちょっと違うけれど、俺のクランに勧誘してみても良いだろう。

「えっ！　い、いいのですかにゃ!?」

サリーは結構、乗り気みたい。

「うん。クランを作るのは、まだ数年先になるかも知れないけどね。でもサリーには、いつか俺たちの仲間になってほしいと思ってる」

「な、なるにゃ！　ハルト様のお仲間に私は――」

ハッとして、何かを思い出した様子のサリー。

「あっ、あの。できれば、リリアも……」

「もちろんいいよ」

リリアはサリーと近い実力があると、サリーが力説していた。そのリリアも俺の仲間になりたいと言ってくれていたので当然、クランに勧誘するつもりだった。

「ハルト様。ありがとうございますにゃ！　私はリリアと、これからもっと鍛錬しますにゃ。それでいつか、ハルト様の戦力になれるよう頑張りますにゃ!!」

「うん、期待してる。よろしくね」

良し！　俺のクランのメンバー候補、一人目確保だ！

たぶんリリアも、サリーと一緒に俺のクランに来てくれるだろう。

この世界では軍人や冒険者の引き抜きとかが普通に行われる。引き抜かれる軍やギルドなどとしては、魅力的な条件を提示できなかったと諦めるしかない。ただしあまりに理不尽なことをすると、国やギルド連合から警告を受けたり、報復されたりすることもあるらしいので、やり過ぎには注意しなくてはいけない。俺はこの武神武闘会で、戦力になりそうな見込みがあって、かつ仲間になってくれそうな獣人を数人探すつもりでいた。

「じゃ、これ持ってて」

俺はサリーに小石を渡した。

「これ、なんですかにゃ？」

「通信の魔法陣を書き込んだ魔石だよ。俺がクランを作ったら、これを通して連絡するから。

失くさずに持っててね」

「肌身離さず大事にしますにゃ！」

そう言って、サリーは小石を大切そうに胸に抱いてくれた。


その後、敗者であるサリーは観覧席へと上がっていき、俺は次の俺の相手になる者を決める対戦を見るために闘技台の側に残った。次は猪の獣人と、象の獣人の戦いだった。

対戦が始まると直ぐに、猪の獣人が高速タックルをかました。しかしそれをものともせず、象の獣人が猪の獣人をがっしりと捕まえると、その身体を軽く場外へと放り投げる。ものの十数秒で決着が着いてしまった。猪の獣人が弱いわけではない。彼も一回戦で、対戦相手である猿の獣人を圧倒したのだから。象の獣人は凄いパワーだった。しかし、より注目すべきはその防御力。

ただ防御力が高いだけじゃない。獣人族はある一定の防御力に到達するとアンチマジックスキンと言う、魔法無効化スキルを会得するらしい。象の獣人は間違いなく、そのスキルを持っている。炎の騎士では有効な攻撃を与えられないかも知れない。攻撃が当たった瞬間に魔法をキャンセルされるので、魔衣での直接攻撃も効果は薄そうだ。なので――

「次は、お前の出番かな」

俺は背中にある覇国の柄を握りしめた。

――＊＊＊――

俺とリューシン、メルディ、そしてメルディの父レオは二回戦を突破した。メルディとリューシンも打撃や斬撃を飛ばせるので、それで相手を寄せ付けることもせず勝利した。レオは普通に戦いを楽しんでいた。ちょっと相手の獣人が可哀想だった。そしてこれから、三回戦に挑もうとしたのだが――

「ハルト殿。もしやその剣を使うつもりではあるまいな？」

覇国の柄を持ち、抜刀の練習をしていたらレオに止められた。

「……ダメ？」

「本来、武器の使用は制限しておらんし、獣人ならば弓矢でも避けられる。また剣など持たずとも、我らの牙や爪はそこらの剣より斬れ味が良い」

「じゃあ俺も、剣を使いたいんだけど」

相手は剣を持ってるようなものなのに、俺だけ丸腰とか無理でしょ。

「ハルト殿が持っているのは、どう考えてもそこらにある剣ではない……あれか？　この国の獣人を切り刻みたいのか？」

「大丈夫だって。峰打ちするから」

「いや。それ、両刃刀……」

その後もレオが渋るので、俺は仕方なく木刀を借りて対戦に挑むことになった。

覇国、ごめんよ。お前の出番はいつか作ってやるからな。

借りた木刀は覇国ほどではないが軽くて、長さもちょうど良く、扱いやすかった。ただ、強度だけが心配だ。

あの防御力の高そうな象の獣人に、全力で攻撃したら、折れちゃうんじゃないかな？

というわけで、久しぶりにアレをやるか。

俺は木刀を持つ掌から魔力を放出した。木刀に神経を張り巡らせるようなイメージで、木刀にどんどん魔力を送り込む。木刀が柄から切先にかけて黒くなっていった。普通に木に魔力を送り込んでもこうはならない。緻密な魔力コントロールで木の繊維間を補強し、その強度を向上させているのだ。ただの木刀は今や、オリハルコンの剣すら叩き折ることが可能な刀となった。俺はこれを『黒化』と呼んでいる。

ちなみに木刀でなくても、黒化は可能だ。例えば鉄の剣だったら、金属結合を補強するようなイメージで魔力を通すと黒化できた。正直、金属結合とかあんまり理解してないんだけど、やったらできちゃったのであまり深いことは考えずに使っている。

どんな剣——否、剣でなくてもいい。その辺に落ちている木の棒ですら、黒化すれば破壊不能の最強の武器となる。覇国を手に入れる前は、これを使用することが多かった。遠距離攻撃はファイアランス《炎の槍》、中距離攻撃や索敵も行うなら炎の騎士。そして近距離戦闘時は、近場にある木の枝などを回収し、それを黒化して使っていた。

魔力で木刀を補強しているわけだが、一度黒化してしまえば魔力を補充しなくても黒刀はずっと黒刀のままだ。一本の黒刀をつくるのに十万ぐらいの魔力を消費するから、俺以外だと個人で作れるヒトは少ないはず。

「こんなもんかな」

完成した黒刀を振ってみる。

うん、強度も大丈夫そうだ。久しぶりだったけど上手くできた。

「あの……ハルト殿。そ、それは？」

レオが聞いてきた。

「魔法で強度を上げたんだ。斬れ味が上がるってわけじゃないから、これならいいだろ？」

「う、うむ。まぁ、それなら……」

レオも認めてくれたので、これでいこう。俺は闘技台の上に登った。

象の獣人が既に闘技台の上で待っていて、俺に話しかけてきた。

「例の剣を置いてくれたこと、感謝する。アレを使われるのであれば、俺はこの戦いを棄権するつもりだった」

「そ、そうなんだ」

アンチマジックスキンを持つような獣人なら、覇国であっても刃を通さないんじゃ？

「手加減してもらったとは思わん。それほどまでに貴方と俺との間には力の差がある。全力で行かせてもらおう！」

そう言って象の獣人は魔力を放出する。さすがに武神武闘会をここまで勝ち進んでくる獣人クラスになると、魔衣ができかけている。

「いざ、参る！」

象の獣人が突進してきた。巨体が高速で向かってくる。まるで壁が迫ってくるようだ。

といっても、魔衣で肉体強化した俺が避けられないほどではない。俺は象の獣人の突進を横にズレて躱し、その右肩に黒刀を叩き込んだ。

「ぐわぁぁぁあ!!」

象の獣人が、叫びながらゴロゴロ転がり、闘技台の下へと落ちていった。

「──えっ」

そ、そんなに強く打ち込んだつもりではなかったんだけど……。

よくよく考えたら、黒刀で悪魔や魔人以外を攻撃したことはなかった。ヒトに対してする攻撃じゃない威力で叩いちゃったのかも知れない。

……なんか、ごめん。


勝利が確定したので、闘技台を降りて象の獣人のもとへ行く。既に医療チームが象の獣人の周りを囲んでいた。

「こりゃあ、上腕骨と鎖骨から第二──いや、第四肋骨くらいまで粉砕されてるな」

「軽く叩かれた程度に見えたのだが……」

「というか、コイツが怪我をするなど信じられん」

白衣姿の医師たちが応急処置を施そうとする。獣人は非常にタフで防御力が高いので、そんなに大怪我をすることが無い。稀に大怪我をする獣人もいるが、それらはあっさり生を諦め、死んでしまうことが多い。だから、この国の医療は遅れていた。治癒魔法の使い手も多くはない。そのせいで魔人襲来時は、多くの獣人が死の危機に瀕していた。

「大丈夫か？　すまない、やり過ぎた」

「ぐっ、うぅ……。い、いや、気にするな。もし例の剣の方を使われていたら今頃、俺はこの世にいなかった」

象の獣人はそう言ってくれたが、顔色の悪い彼を見るとやはり責任を感じてしまう。

「ヒール！」

俺は象の獣人に対して回復魔法を使用した。骨折程度なら千回くらいヒールを重ねがけしとけば治るだろう。

「お、おぉ！」

担架に乗せられ、運ぶ準備をされていた象の獣人が起き上がる。

「何!?」

「か、回復したのか？　ヒール、だよな？」

「これが異国の回復魔法か」

医師たちが驚いていた。この大会で怪我をした全ての獣人を助ける義理はないが、少なくとも俺が怪我をさせてしまった者は回復させようと考えている。

その後、象の獣人に何度も礼を言われたが、そもそもやり過ぎた俺が悪く、お礼を言われるのも違う気がしたので、逃げるようにその場を後にした。


三回戦、第二試合が始まった。対戦カードは獣王兵VS獣王兵だった。うちひとりは俺たちを武の神殿に案内してくれた獣王兵だ。この国の最高戦力ふたりによる戦いで、実に白熱した戦いとなった。会場も沸いていた。

結果、俺たちを案内してくれた獣王兵が勝利した。彼が俺の次の対戦相手となる。


三回戦、第三試合は獣王兵と、王都の検問所にいた鹿の獣人の戦いだった。草食系獣人で本戦まで来られたのは鹿の獣人だけで、しかも彼は二回戦で別の獣王兵を倒していたのだ。対戦を見てなかったので、どうやって勝ったのかは不明だが、シードになっていない獣人で現在、勝ち進んでいるのは彼だけだった。

対戦が始まった。

鹿の獣人が強い理由が分かった。彼は魔法を使うのだ。それもかなり発動スピードが早い。恐らく、魔法系の職の獣人なのだろう。彼は肉体強化魔法と、ほぼ完成された魔衣で身体能力を強化し、獣王兵を圧倒した。リューシンが次の試合で勝てば、鹿の獣人と戦うことになる。

さて、そのリューシンだが三回戦、第四試合で狼の獣王兵と対戦した。この狼の獣人は獣王兵の中でも最速の攻撃速度を誇ると言うが、部分竜化を覚えたリューシンの敵ではなかった。リューシンは高速で繰り出される獣王兵の攻撃を全て、完璧に受け流してみせたのだ。

そして、攻撃を受け流されたことに獣王兵が驚いている隙にその足を払い、倒れた獣王兵の顔をめがけて拳を振り下ろす。リューシンの拳は、狼の獣王兵の目前で止まっていた。それで、獣王兵が負けを認めた。

三回戦、第五試合。メルディが獣王兵と対戦し、メルディが圧勝した。対戦相手の獣王兵も弱くはなかった。でも魔衣を炎の鎧と化して、更に高度な武技を使うメルディはその遥か上をいっていた。

魔衣を炎の鎧にする魔法——これは俺が以前、メルディに一回だけ見せたことがある。それを完璧に再現していた。相変わらずメルディの戦闘センスには感心してしまう。

三回戦、第六試合と第七試合はどちらも獣王兵同士の戦いだった。

三回戦、第八試合は予選で不倒ノ的《たおれずのまと》を斬り倒した豹の獣人と、メルディの父、レオの対戦だった。勝利したのはレオだ。不倒ノ的を斬り裂いた豹の獣人の剣を、なんとその腕で受け止めたのだ。

皮膚すら斬れなかったことに驚いている豹の獣人に、レオの強烈な拳が叩き込まれ豹の獣人は闘技台の外へと吹き飛ばされた。

武神武闘会の八強が決定した。そして、準々決勝の対戦は——

俺ＶＳ獣王兵
鹿の獣人ＶＳリューシン
メルディＶＳ獣王兵
獣王兵ＶＳレオ

となった。

まず俺が、魔衣で強化したパンチで獣王兵を吹き飛ばして勝利した。
続いて鹿の獣人が魔法を発動させるより早く、リューシンが竜の爪を鹿の獣人の首元に突き付けて勝利した。
メルディとレオも、対戦相手の獣王兵を圧倒した。
ここからが本番だ。獣王兵は一般的な獣人と比較するとかなり強いのだが、準決勝まで残ったコイツら・・・と比べるとまだまだだ。

多分、リューシンは俺に全力をまだ見せていないし、メルディは恐るべきバトルセンスがある。ふたりと戦うのであれば油断はできない。俺が簡単に倒せた魔人に、苦戦したレオなら余裕かと言うと、そうでも無い。俺はレオが纏う闘気を感じて、とある疑惑を持っていた。もし、俺の予想が正しければ彼は――

なんにせよ、あと二勝でメルディを嫁にできる。それに、この国にいる猫獣人の肉球が触りたい放題というご褒美が待っている。ちょっとニヤニヤする。

よし、殺《や》ろう。

――おっと。楽しみすぎて、ちょっと殺気が漏れた。

リューシンが身震いして、凄い勢いでこっちを振り返った。メルディは泣きそうな表情で俺を見ながら震えている。

ごめんごめん。大事な仲間を殺ったりしないから。ちゃんと手加減はするから……ね？

05

賢者VS竜人

LEVEL 1 NO SAIKYO KENJYA

「ハルト。お前は、覇国の使用禁止な。それから、炎の騎士は同時に出していいのは五体まで。これでどうだ？」

いや、どうだと言われても……。

準決勝がこれから始まる。俺が闘技台の上に上がると、既に闘技台に上がっていたリューシンが先の条件を提示してきた。

「あと俺がもしハルトに攻撃を当てて少しでもダメージを入れられたら、その時点で俺の勝ちってことで！」

いやいやいや、何を言ってるんだ？　お前、ここまで獣人族の戦士たちを圧倒してきただろう。なんで俺がそんな条件を呑まなきゃいけないんだ？

「もし、ハルトがこの条件を呑めないなら――」

「呑めないなら？」

「俺はこの試合、棄権する！」

「アホか!!」

リューシンがとんでもないことを言い出した。今、武神武闘会に来ている観客たちはかなり盛り上がっている。そんなところで、戦いもせず棄権したりしたらブーイングの嵐になることは目に見えていた。

「俺は自分の命が惜しい！　魔人を多数引き連れて、伝説の武器を持った魔王に、生身で勝てるわけないいだろ!!」

リューシン曰く——

魔人 ＝ 炎の騎士
伝説の武器 ＝ 覇国
魔王 ＝ 俺
生身 ＝ 完全に竜化できないため

とのこと。人を魔王呼ばわりするとは、失礼な奴だ。

覇国は確かに伝説の武器だが、それ以外は言いがかりだ。炎の騎士はそこそこ強いけど、俺は魔王ほど強くないし、リューシンの竜化はとても生身と言える代物ではない。

……ん？　待てよ。炎の騎士を出していいのは五体まで？

そうか、よし。

「分かった、その条件を呑もう。覇国は使わないし、おまけで黒刀も使わない。それから炎の騎士は六体以上出さない」

「い、いいのか!?」

「でも、リューシンが炎の騎士を倒して五体未満になったら、追加を出すぞ？」

「あぁ。それならいい。五体の攻撃を回避しつつ、ハルトに攻撃当てるくらいならなんとかなるかもしれん！」

リューシンがやる気になった。俺もちゃんと約束を守ろう。炎の騎士は五体以下だ。もちろん覇国なども使わない。


準決勝、俺とリューシンの戦いが始まった。

いきなり攻めてくるかと思ったが、リューシンはそうしなかった。

「俺の提示した条件を呑んでくれたからな、炎の騎士を出す時間くらい待つぜ」

ほう……。殊勝な心がけだ。だが、本当に良かったのかな？

「ありがとう。じゃあ、遠慮なく」

俺は少し深く呼吸した。そして——

「ファイアランス！　ウォーターランス！　ウィンドランス！　サンドランス！　サンダーランス！　ライトニングランス！　ダークランス!!」

「えっ？　ちょっ、はぁぁぁあ!?」

俺は炎の騎士を五体出現させた。それと同じように水、風、土、雷、光、闇といった他属性の騎士も五体ずつ出現させたのだ。

炎で騎士が作れるんだから当然、他の属性の騎士もできる。

まぁ、ティナ以外にはまだ見せたことなかったんだけどな。

リューシンと約束したのは『炎の騎士は五体まで』だから、他の属性の騎士を出したところで約束を反故にしたことにはならない。ちなみに、他の属性の騎士も五体ずつにしたのは、ちょっとしたサービスだ。

さぁ、リューシンにはこの三十五体の騎士たちの攻撃を掻い潜って、俺に拳を届けてもらおうか！

「準備はいいか？」

「よ、よくない！　まだダメ、止めて!!」

「よし、行け！」

リューシンは用意ができていたようなので、俺は騎士たちを突撃させた。

「おいぃぃ、無理だって！　死ぬ、死ぬって!!」

そう言いながらもリューシンは、騎士たちの猛攻を躱していく。

「ひぃぃ！」

情けない悲鳴をあげてはいるが、部分竜化しているリューシンの爪は、しっかり数体の騎士たちのコアを斬り裂いた。とりあえず三十五体が倒されるまでは、追加の騎士は出さないでおこう。

しかし、リューシンは成長したな。以前は二体の炎の騎士にも苦戦していたけど、今は様々な属性の騎士を同時に複数体相手取って立ち回っている。魔人も倒せる俺の騎士を倒せる時点で、俺よりよっぽど魔王に近いんじゃないかと思う。そんなことを考えながらリューシンの様子を見ていた。

リューシンの攻撃は騎士に効くが、騎士たちの攻撃もリューシンのドラゴンスキンを貫くのだ。だからリューシンは騎士たちの攻撃を避けるしかない。かなり疲労が溜まってきている。

「く、クソがぁぁぁぁぁぁあ!!」

どうやら終わりのようだ。足をもつれさせ、膝をついたリューシンに騎士たちが群がった。もちろん止めを刺させたりはしない。ただ、騎士たちにリューシンの身体を拘束させるつもりだった。

「――っ!?」

高速で何かが飛んできたので、それをギリギリで躱す。飛んできたのは、炎の騎士の頭だった。リューシンに群がっていた騎士たちがバラバラに斬り刻まれ、四散したのだ。

リューシンが居たはずの場所に、一体の黒竜が立っていた。黒竜は竜種の中で最も攻撃力が高く、狂暴な竜だ。そいつからは、リューシンの魔力の波動を感じた。

「リューシン、なのか?」

「あぁ、そうだ」

黒竜が喋った。コイツは変身したリューシンだと言う。

「お前はまだ、完全竜化はできなかったはず……。突然、なんで?」

「あまりにも理不尽な力、暴力に晒され、俺の中に眠る竜の血が無理やり叩き起こされた」

へぇ。つまり、俺のおかげってこと?

「おぉ! おめでとう、リューシン」

念願だった完全竜化ができるようになったんだ。実にめでたい。あっ、俺への礼は特に要ら

ないよ。きっかけは俺の魔法とはいえ、リューシンは自らその殻を打ち破ったんだから。今日はリューシンのお祝いでちょっと豪華な夕飯にしよう——そんなことを考え始めた。

「ハルト。今度はお前が、理不尽な暴力に怯える番だ！」

「え？」

「圧倒的な強者に、絶え間なく攻め続けられる恐怖を感じろ!!」

そう言って黒竜が、ダークブレスを俺に向けて放った。

せっかくお祝いしてやろうと考えてたのに。成長できたのは俺のおかげと言ってもいいのに。

……あぁ、そうか。きっとリューシンは、暴走してるんだ。

仕方ない。少し手荒くなるかもしれないが、俺が止めてやろう。

黒竜のブレスが俺に向かってくる。

俺は魔衣で身体を強化し、右腕でそのブレスを空へと弾いた。

「なっ!?」

黒竜が驚いている。

「固まってる余裕なんてあるのか？」

俺は黒竜のすぐ側まで移動した。黒竜が俺の存在を認識した時には既に、俺は拳を黒竜の身体に叩きこんでいた。

「グギャァァァア!!」

黒竜が悲鳴を上げながら吹き飛んでいく。彼は、ギリギリ闘技台の上から落ちなかった。

「ぐ、うっ……。な、なんでだ？　俺は破壊の化身、黒竜なんだぞ!?　なんで俺が――」

「お前は怒りで完全竜化したせいで、暴走してるんだよ。真の黒竜なら、こんなに弱くない」

「えっ」

「だけど安心しろ。今すぐ俺が、止めてやるから」

「お、俺……。正気ですけど？」

黒竜がなんか言ってたけど、俺は気にせず纏っている魔衣に光の属性を与えていった。無属性だった魔衣は、神聖な光に包まれた聖鎧と化す。闇属性である黒竜の最大の弱点は、光属性魔法だ。俺が纏った光を見て、リューシンは狼狽えていた。

「ハ、ハルト。ちょっと待て！　なんだそれは!?」

「君の弱点の光魔法だよ。今からこれで殴るけど、少し痛いかもしれないから、全力でガードするか避けることをオススメする」

まぁ、避けられるわけないんだけど。光属性魔法は雷を含む他のどの属性魔法より、攻撃速度が速いから。

俺はガタガタ震える黒竜へと、ゆっくり歩を進めていった。


――＊＊＊――

武神武闘会準決勝で、リューシンに勝利した。黒竜と化したリューシンだったが、弱点である光属性魔法で強めに殴りまくったら簡単に気を失った。まぁ、完全竜化できたことで少し調子に乗りかけていたので、いい薬になっただろう。俺が賢者ルアーノから学ぶことがあるように、上には上が居る。それを意識して、常に己の研鑽に励まなくてはいけない。

　気を失ったリューシンは人の姿に戻っていた。今回のように感情の高ぶりで完全な竜化をすると、ヒトに戻れなくなることがあるという。偶然とはいえ、元の姿にちゃんと戻れて良かったな。時間をかけて完全竜化した竜人は、問題なくヒトの姿に戻ることができる。そして感情の高揚によって竜化したとしても、一度元の姿に戻れればその後の心配は要らなくなるのだ。

「ハルトさん。リューシンを止めてくれて、ありがとうございます。それから、彼を元の姿に戻してくれたのも……。本当に、ありがとう」

　リュカに感謝された。完全竜化できたとしても、ヒトの姿に戻れなければその後の生活などが不便になる。もちろん魔法学園には今後、通うことはできない。完全竜化したリューシンには、暴走の兆しが見えていた。それを俺が止めたので、リュカがお礼を言ってくれたのだ。

　リュカは普段、リューシンに厳しく当たることが多い。でも今は、彼のことを真剣に気遣っているように見えた。

「暴走しかけたのは俺が、アイツを追い込み過ぎたのが原因だから……」

　元の姿に戻れたのは俺のおかげというより、たぶん偶然だと思う。

「そ、それより、リューシンを回復してあげて。必要だったらエリクサー渡すから」

　俺より優れた回復魔法の使い手であるリュカが居るので、俺はリューシンの回復をしていなかった。

「ありがとうございます。竜化した後は自然治癒力が上がるので、回復にそこまで魔力を使いません。なので、エリクサーは不要です」

リュカはそう言って軽く俺に頭を下げ、担架で運ばれていくリューシンに付き添って会場を出ていった。


「ハルト、うちとやる時は覇国と炎の騎士以外も禁止でお願いするにゃ」

リューシンが運ばれていくのを見ていたら、メルディが話しかけてきた。

「いいけど……。メルディはまず、次の対戦でレオに勝たなきゃな」

準決勝、第二試合はメルディと、この国の元王様で、メルディの父であるレオの対戦だった。

「魔法を毛嫌いするお父様に、魔法の有用性を身を以って体感させてやるにゃ！　物理職の限界ってやつを思い知らせてやるにゃ!!」

「あっ、いや、レオは――」

俺は言葉を途中で止めた。メルディは仲間だが、過度なアドバイスはするべきではないと思ったからだ。負けて自分で気付くことも大切だと思う。そして、メルディは闘技台の上へと上がっていった。


メルディとレオの対戦が始まった。

開始早々、ふたりは超高速で互いに突っ込んでいき、闘技台の中央で殴り合いを始めた。拳の一振で風が巻き起こる。そんなレベルの応酬が繰り広げられていた。

メルディは圧倒的な速度で、レオの猛攻を全て躱していた。対してレオはその驚異的な防御力で、メルディの拳を真正面から全て受け、耐えていた。

ただの親子喧嘩のはずなのに、レベルが高すぎる。

十数秒間、レオに百ほどの拳を叩き込んだメルディが、サッと身を引いた。

「か、硬すぎにゃ」

「お前は速いな。さすが、我が娘だ。しかしメルディ、お前の力では我にダメージを与えることなどできんぞ？」

レオの言う通りだ。メルディの攻撃は当たっているがレオに効いていない。一方で、レオの攻撃が一発当たればそれだけで、彼女は戦闘不能になる恐れがあった。

「そんなこと、言われなくても分かってるにゃ。これからが本番にゃ！」

メルディが魔衣を纏う。そしてその魔衣に炎の属性を与えた。魔衣と魔法の威力が上乗せされたことで、メルディの攻撃力は格段に向上している。

「覚悟はいいかにゃ？　魔法の力を舐めたこと、後悔するにゃ！」

メルディがレオに高速で飛びかかる。移動速度も段違いに上がっている。魔法で強化されたメルディの攻撃がレオに当たればダメージが入る。一方で、更にスピードの上がったメルディにレオの攻撃は当たらない。戦況はメルディ優位に傾いた――わけではなかった。

「にゃ!?」

先程まで攻撃をただ受けるだけだったレオが、メルディの拳をがっしりと受け止めたのだ。

レオは風と電気を纏っていた。魔衣に風と雷の属性を与えている。その姿に驚くメルディに、レオの拳が叩き込まれた。

「ふぎゃ」

メルディはゴロゴロ転がりながらもなんとか体勢を整え、闘技台から落ちるのを防いだ。

「ど、どうなってるにゃ？　なんで、お父様が魔法を纏ってるのにゃ!?」

信じられないという表情のメルディに悠々と歩み寄りながら、レオが話しかけた。

「メルディ。お前は俺が『魔法の有用性を分かってない』、『魔法を舐めている』――そう言ったな？　それは違うぞ。今、この国で誰より魔法に精通している獣人は賢者である、この我だ」

「は？」

メルディが固まる。会場もザワついた。

「な、何を言ってるにゃ？　お父様が賢者？　そ、そんなわけないにゃ!!」

「証拠を見せよう」

レオが手を掲げると、空に巨大な魔法陣が出現した。

「アルティマサンダー！」

「――っ!?」

範囲を絞った雷の究極魔法がメルディを襲う。

メルディは魔衣で脚を強化し、ギリギリのところでレオの魔法を避けた。

どうやらメルディはここまでだ。

レオはメルディが逃げられるように、わざと究極魔法をズラして撃ったのだ。メルディが逃げた場所に、レオが待ち構えていた。その拳には完璧な魔衣が纏われている。

「楽しかったぞ。メルディ」

レオの、自分の娘への容赦ない一撃により、メルディは観客席の下の壁まで吹っ飛ばされた。

俺はメルディと壁の間に移動し、メルディの身体を受け止める。メルディは気を失っていた。

派手に吹っ飛んだ割には、怪我はしていなさそうだ。とりあえずヒールをかけておく。

こうして決勝の相手は、元獣人王で賢者のレオになった。武神武闘会なのに、決勝が賢者VS賢者になってしまったのはいかがなものか。まぁ、でもメルディの敵討ちって感じになるのかな？　頑張らなきゃ。

ただでさえ種族ステータスによって攻撃力が高く、スピードが速い獣人が魔法を極めて賢者になっている。レオは魔法発動速度もかなり早かった。

さて、どうやって戦おうか？　俺は決勝に向けて、自分の手駒を確認し始めた。

「ハルト殿、我が娘をありがとう。それから、決勝では例の剣を使用してもいいぞ」

「いいの？」

気を失っているメルディを医療チームに引き渡していたら、レオが話しかけてきた。

「あぁ、我は全力のハルト殿と戦ってみたい。たとえ身体が斬り刻まれようともな」

「……でも、それを治すの俺じゃない？」

「さすがにそこまで甘えんよ。もし腕が斬り落とされても、そのままで良い。仮に死んだら、そこまでだったと諦める。そんなことより、我──いや、俺は全力のハルトと戦いたい」

自分の命より戦いを望むのか。獣人って種族は、つくづく戦闘狂が多い。でも、望むなら全力でやってやろう。もちろんメルディの父であるレオを死なせてしまうようなことは極力避けるし、本人は不要と言っているが、もしもの時はリュカに頼んで蘇生してもらうつもりだ。

賢者ルアーノとは戦ったことが無いので、この世界に来て初めての賢者との死合になる。俺が死んじゃった時のためにも、リュカには声をかけておこう。

「分かった。全力を出そう」

「ありがとう、感謝する」

決勝までの間に、少し時間がある。レオは俺に背を向けて控え室に向かおうとした。しかし何かを思い出したかのように途中でその歩みを止め、俺に向き直った。

「ハルト殿には、魔人の呪いから命を救われた借りがある。だからひとつ、俺の能力《スキル》を教えておこう」

「スキル？」

「俺はノックバック（極大）という能力を持っている。どんな弱い攻撃でも、当たれば必ず敵を吹き飛ばす」

えっ、それって――

「正直、戦闘で圧倒的優位になるほどの能力ではない。しかし、限られた空間から出たら負けというルールのあるこの武闘大会において、この能力は脅威となるだろう」

どんな攻撃でも当たれば相手を吹き飛ばす。そしてこの武神武闘会では、五十メートル四方の闘技台から落ちたら負けになる。つまり俺は、レオの攻撃を全て避けなければならないのだ。

しかし、先程のメルディ戦でレオが見せた魔衣は、風と雷の魔法を付与した疾風迅雷の鎧と化し、それを纏ったレオは、速度特化のメルディの攻撃を易々と捉えていた。

えっと……。ヤバくね？

攻撃は避けなくてはいけないのに、どう足掻いても避けられるような速度ではない。俺の最速の戦闘方法が、レオと同じく疾風迅雷の魔衣を纏ったスタイルなのだ。

ちなみに魔人との戦闘時、レオはノーマルの魔衣だけで戦ったらしい。魔法を禁止しているこの国で公に訓練することができず、速度や移動距離のコントロールが不完全なんだとか。その状態で魔人を攻撃すれば、周囲にいる仲間の獣人たちを巻き込んでしまう恐れがあった。

しかし、この武闘会の相手は俺ひとり。周囲に気を使うことなく、全速力で俺を攻撃することができてしまう。

レオは言いたいことを全て俺に伝え終え、控え室に向かって歩いていった。

どうしよう？　ちょっと戦闘プランを変更しなくては。

06

賢者VS賢者

LEVEL 1 NO SAIKYO KENJYA

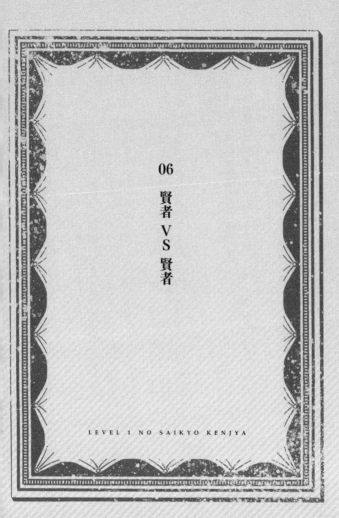

武神武闘会の決勝が間もなく始まる。闘技台の上に立ち、レオと対面した。

「ひとつ確認したい。ハルト殿が優勝したら、メルディを娶るつもりなのだな？」

「はい。そうさせていただくつもりです」

はじめはただの勘違いだった。レオを助ける代償として、メルディの肉球を触らせてもらえればそれでよかった。しかし俺の言い間違いから、武神武闘会で優勝したらメルディと結婚するって流れになった。ティナやリファもそのつもりのようで、俺の応援をしてくれている。

「そうか……。ならば我を倒し、その力をこの国に居る全ての獣人に示せ」

「はい!!」

さて。メルディをエルノール家に迎えるため、ラスト一戦頑張ろう!!

俺は背負っていた覇国を手に取り、構えた。レオも戦闘態勢になる。


決勝戦が始まった。

俺とレオは、ほぼ同時に疾風迅雷の魔衣を纏う。

魔衣の完成は俺の方が早かったが、その後の攻撃に移る速度はレオの方が早かった。

「――ぐっ！」

覇国を闘技台に突き刺し、レオの攻撃を覇国の腹で受ける。

なんとか防ぐことができた。すぐに覇国を振ってレオを牽制する。レオは余裕をもって、俺の攻撃圏内から離脱していった。

アレを喰らうのはまずい。攻撃が当たれば、レオが持つノックバック（極大）《スキル》の効果で、吹き飛ばされてしまう。最悪闘技台の外に落ち、その時点で負けが決まってしまう。

いきなり最高速で来るとは……。初撃から避けることができなかった。明らかにメルディと戦っていた時より速度が増している。

メルディ戦の時でも、レオは全力じゃなかったのだろう。魔衣の練度で言えば、俺の方が圧倒的に上のはず。しかし元のステータスが違いすぎるせいか、スピードでレオに負けていた。

「今のを防ぐか……。さすがだな。では、これはどうかな？」

さっきより速い速度でレオが突っ込んでくる。

う、嘘だろ!?　まだスピード上がるのか！

ギリギリのところでレオの拳を防ぐ。

防いだはずだった。

「えっ!?」

俺に殴りかかってきたレオが、急に消えた。

「残像だ」

後ろからの声に反応して振り返る。

レオが俺に向かって拳を突き出していた。

時間がゆっくり流れるように感じる。

あぁ……。これはあれだ。

死に際の時間が遅く感じる現象。

確実に避けられない。

俺は極限まで圧縮された時間の中で、レオの拳が顔面に迫り来るのを見ていた。

ペシッ

……ん？


「は？」

レオの拳が、俺の頬に当たった。

しかし俺は吹っ飛ぶどころか、痛みすら感じなかった。

レオは俺の頬に拳を当てた状態で固まっている。

よく分からないが、とりあえず覇国を振っておく。

「あぶねっ！」

レオはそれをギリギリ避けた。

「ど、どうなっている!?　なぜ吹き飛ばんのだ!!」

レオが驚いていた。

どうなっていると言われても……。俺も意味が分からない。

この世界に来て、初・め・て殴・ら・れ・たのだから。

これまでは魔法で、敵を寄せ付けることすらせず勝利してきた。だからここまで接近されたことは無かったし、殴られたのも当然、初めてだった。

そういえば俺って、魔力は固定で無限みたいなもんだよな？

——ってことは、体力も？

体力が無限だとして、どうなるんだ？

ダメージが入らないってこと？

いや。それでも、レオのスキル《ノックバック》の効果を受けなかったのはなんでだ？

「……あっ！」

ひとつ思い当たることがあった。

俺はステータスが——

状態：呪い（ステータス固定）《固定》

となっている。もしかしてこの状態って、ノックバックとかも含むんじゃないか？　状態が《固定》されているのでノックバックすらしない——そう考えると納得がいく。

よし、検証してみよう！

俺は覇国を構えて、レオに突撃した。

「くっ、舐めるな!!」

レオからしたら遅い速度で向かってくる俺の攻撃を、レオは簡単に避けた。

「これならどうだ！」

レオが八人になった。移動速度に緩急を付け、更に魔力の塊を残すことで残像による分身を創り出したのだ。その八人のレオが、同時に殴りかかってきた。

ペシペシペシペシペシペシペシペシッ

うん、全然痛くない。

レオの拳が俺の顔に、腹に、肩、腕、脚に当たるが、どこに当たってもダメージはなかった。

「せいやぁ！」

「うぐっ!?」

覇国を横薙ぎして、八人のレオを斬り裂く。

本体は致命傷を避けたようだが、胸の部分が斬れ、毛皮を血が滴っていた。

「な、なぜだ！　なぜ、俺の全力で仰け反らせることすらできない!?」

「ステータスの差、かな？」

嘘は言ってない。

「ば、馬鹿な……。いったいどんな」

驚愕するレオ。一方で俺は、検証が成功して満足していた。

もう、いいかな？　あんまりダラダラしても仕方ないし。

しかし現状、レオを捉えられる攻撃手段がない。炎の騎士などを出しても、レオには直ぐにやられて意味はなさそうだ。そこで――

「来い！　ファイアランス!!」

この世界の最高戦力であり、レオに対抗しうる力を持つ者を呼び寄せることにした。

「こ、これは!?」

レオが俺の魔法陣の規模に驚く。無理もない。一文字に10の魔力を注ぎ込んで、およそ十万字で描き上げた魔法陣だから。水の精霊王ウンディーネでも、千文字の魔法陣で一日顕現させることが可能だ。

しかしコイツは、持ってる魔力が膨大過ぎて、呼び寄せるだけでもウンディーネを召喚する時以上の魔力を消費する。更にとある理由から、俺はウンディーネ召喚時のおよそ百倍もの魔力を注ぎ込んで、コイツを召喚した。

当然、呼び寄せることによるメリットも大きい。伝承によると、そいつは数多の獣を従え、あらゆる獣の中で最も速く走れる能力を持っている。

さぁ今こそ、その真価を見せるときだ！

闘技台の中央に巨大な火柱が上がった。

そして、その火柱が消えた場所に――

丸まってスヤスヤ眠る、真っ白な子犬が現れた。

「……あれ？」

ちょっと思っていたのと違った。俺がここに呼び寄せたのは、我がエルノール家に居候する

神獣フェンリルのシロだ。シロはグレンデールのイフルス魔法学園にある俺の屋敷で留守番をしていた。それをここ、ベスティエの円形闘技場に呼び寄せたのだ。

ちゃんとシロを呼び寄せられた。うん、それは良い。

しかし、登場の仕方が問題だった。俺と召喚契約を結んでいる火の精霊マイと水の精霊メイは、召喚時に魔力を多めに渡すことでその姿を変化させた。だから魔力を余分に注ぎ込んで召喚すれば、シロも元の姿になって現れると思っていた。

そして、その雄々しい姿でレオを威嚇する――そうしてもらうつもりだった。しかし、シロは子犬の姿のまま現れた。正確には子狼だが。更に強制的に召喚されたにもかかわらず、シロは寝続けている。

……図太いな。さすがは神獣、大物だ。しかし、今はちょっとまずい。

「おーい、シロ？」

「んむぅ……。もぅ、お腹いっぱい」

幸せな夢を見ているようだ。悪いけど、起きてもらおう。シロの身体をべしべし叩いた。

「い、痛い！　な、なんだ!?　――あっ、ハルト」

「おはよう」

「おはよう――って、ここはどこだ!?」

シロが周りをキョロキョロ見渡す。

「まさか、ベスティエか？」

「正解！」

シロは俺たちがベスティエに来ていることを知っていた。そして周りに獣人たちが大勢いたことで、ここがベスティエだと気付いたようだ。

「な、何がどうなっておる？　魔人の襲来で多くの獣人が傷付いたから急遽ティナたちを連れて支援に行ったのではないか？　魔人はどうなった？　そして、これはなんだ？」

「あー、魔人は倒した。そんで、傷付いた獣人たちも助けた。今は武神武闘会の決勝で、相手がそこにいる」

俺が指差す先には、レオがシロを見ながら口を開けて固まっていた。

「そ、そんな……。まさか神獣、フェンリル様？」

獣人は神獣の眷属。獣人にとって神獣は、その身を捧げて世話をする対象なのだ。子犬の姿でも、メルディはシロがフェンリルであると気付いた。それと同じように、レオもシロの正体に気付いたようだ。

「なんだ、敵は獣人なのか……。ちょっとやりにくいな」

「そこをなんとか頼むよ。あいつ速すぎて俺の攻撃当たんないんだ。グレンデール帰ったらティナにカレー作ってもらうからさ」

「……大盛りか？」

「あぁ、大盛りで作ってもらう」

「仕方ないなぁ」

そう言ってレオに向かって歩くシロの尻尾は、大きく左右に揺れていた。シロの周りを風が舞う。その風が消えた時、大きく真っ白な狼が立っていた。これが、シロの本来の姿だ。

「そこの獣人。悪いが大盛りカレーのために、負けてくれ」

そう言ったシロの姿が、一瞬にして消えた。

「ぐはっ！」

レオが吹っ飛ぶ。

シロが超高速でレオにタックルしたのだ。

疾風迅雷の魔衣を纏うレオですら、避けられないほどのスピードだった。吹っ飛んだレオは、闘技台から落ちないようになんとか耐えた。でも、動きは止まっている。

「シロ、伏せろ！」

俺の声に反応し、シロが瞬時に伏せた。その頭上を高速で俺の放った飛拳が飛んでいく。シロがレオに突っ込んだ時に、俺は魔衣を右手に集めて飛拳を撃つ準備をしていた。レオがシロの攻撃に耐えた時のため、保険をかけたのだ。その攻撃がレオに――

当たらなかった。レオは身体を捻って俺の攻撃を躱したんだ。高い防御力を誇るレオを闘技台から落とすにはそれなりの力がいる。猫の獣人兵サリーと対戦した時のように巨大な壁で押し出すのではレオに耐えられる可能性があった。だから範囲を絞って威力を上げたのだが、それが裏目に出てしまったようだ。

「ぐっ。ま、まだまだぁ!!」

シロのタックルでかなりダメージを負ったようだが、レオにはまだ戦闘継続の意思があった。

しかし——

「俺の攻撃も、まだ終わりじゃないぞ？」

「なん——ぐへぶっ！」

シロのおかげで隙ができたのだ。そんなチャンスを逃すはずがない。一撃目は避けられたが、俺はそれとは別に八発の飛拳を放っていた。先程レオに殴られたのと同じ数。

喰らえ、お返しだ!!

武の神殿で火を消した時とは違い、魔力を固めて打ち出していいなら、飛拳はカーブした軌跡でも放てる。八方から少しずつタイミングをズラして、俺の飛拳がレオに着弾していく。その一撃一撃が、不倒ノ的を倒した攻撃と同じ威力だ。

八発の飛拳全てがヒットした。しかし、レオは耐えた。

不倒ノ的を八回も破壊できる攻撃を受けても尚、元獣人王は闘技台の上に立っていたのだ。

「マジかよ……。どんだけタフなんだ」

思わず言葉が漏れる。しかし、さすがに限界だったようだ。レオはゆっくりと後ろに倒れていった。闘技台の下へとレオが落ちる。

勝った。俺の勝利だ。シロが空に向かって咆哮した。

獣人は神獣の眷属だ。シロにつられるように、円形闘技場にいる全ての獣人たちが雄叫びを上げる。それは、俺の勝利を祝福する大合唱となった。

07

勝者の望み

LEVEL 1 NO SAIKYO KENJYA

結局、魔法を使いまくったし、果ては神獣であるシロを呼び出して二対一でレオを倒したわけだけど、会場は大いに盛り上がっていた。獣人族は高レベルの攻撃の応酬が見られれば、それだけで心が躍るのだと聞いていたので、そんなものかと半ば無理やり納得した。

まぁ、レオは分身して八人になって攻めてきたしな。とすれば、俺はシロと二対八でレオに勝ったってことだ。そんなにズルはしてない——そう思うことにした。

「ハルトー！　おめでとー!!」

「優勝、おめでとうございます！」

観覧席の方から、ルークとリファの声が聞こえてきた。

「主様。とてもかっこよかったのじゃ！」

ヨウコが褒めてくれる。彼女の隣にいるマイとメイが、俺に向かって一所懸命に手を振っていた。マイたちはあまり大声を出すのが得意ではない。そんな彼女らが、精いっぱい俺に祝福の意を伝えようとしてくれていた。

「ハルトさん。おめでとうございまーす！」

「お、おめでとにゃ」

笑顔でこちらに手を振るルナ。そんな彼女の横で、メルディがソワソワしていた。レオとの対戦で受けたダメージで気絶していたメルディは回復後、ティナたちと一緒に観覧席から俺の応援をしてくれていた。

突然、俺のすぐ横に風が渦巻き、武神が現れた。武神の登場により、沸いていた会場が一瞬で静かになる。

「異国の賢者よ、良くやった。貴様は真の意味の強者であり、その武をここで示した」

武神の言う真の意味とは、魔法でも何でも使って強いということだろう。

「貴様の武勇、この武神がしかと見届けた。今後、貴様が誰かに負けるその日まで、ここベスティエ《獣人の王国》における最強を名乗るがいい」

武神の宣言により、円形闘技場を揺らさんばかりの歓声が巻き起こった。獣人が信仰する武神が俺を認めたことで、全ての獣人が俺を最強と認めてくれたのだ。

「しかし、まさかフェンリル様を従えていようとは……」

ボソッと武神が呟いた。会場は大歓声が響いているので、聞き取れたのは側にいた俺だけ。

武神も今は神の一柱とはいえ、昔はただの獣人であり神獣フェンリルの眷属のひとりに過ぎなかった。だからシロが俺に懐いている様子には、心底驚いているように見えた。

餌付けしただけなんだけどな。

当のシロはと言うと、レオが闘技台の外に倒れると直ぐに小さい姿に戻り、定位置《俺の肩の上》へとよじ登ってきていた。

「ハルト、約束だからな。帰ったらティナにカレーを作ってもらうんだぞ」

「あぁ、分かってる」

シロとそんな会話をしていたら、闘技台の下が少し騒がしくなった。どうやらレオが起き上がったようだ。医療チームが慌てて引き留めようとするが、それを拒んでレオが闘技台の上まで上がってきた。

「ハルト殿。俺の完敗です。最後の技は、とんでもない威力でした」

そのとんでもない威力の飛拳を八発受けて、こうしてすぐに立ち上がれる貴方も、とんでもないと思うのですが……。

「俺も、貴方の分身には驚かされました」

そう言いながらレオに手を差し出す。レオは握手に応じてくれた。

彼の手に触れたついでに、ヒールをかけておく。

「おぉ、かたじけない」

レオのダメージは完全になくなった。俺が覇国で斬りつけた胸の傷も綺麗に消えている。

レオが武神に対して頭を下げた。

「獣人王を任されていた俺が、武神様の前で無様な姿をお見せしました。申し訳ありません」

「気にするな。相手はフェンリル様を従えるほどのバケモノだ。正直俺でも、勝てるか怪しい。お前は良くやったよ、見事な戦いだった」

「そ、それは……。勿体ないお言葉」

そう言いながら、チラっと俺を見たレオの顔は引き攣っていた。

いやいや。さすがにまだ神には勝てないって。

俺は魔法学園に入学する以前に何度か、この世界の海を支配する海神と戦ったことがある。

俺が発動できる最大級の魔法を放っても、海神はそれを容易く受け流していた。全力で戦ってもらうこともできなかった。神様って、そういう存在なんだ。でも俺の目標は、邪神を一発殴ること。だからいつかは、神にも届きうる力を手に入れたい。今は、まだまだだけどな。

そんな感じだから武神も、本人を目の前にしてバケモノ呼ばわりはやめてほしい。

「さて、そろそろ締めるか」

武神が息を吸い込んだ。

「皆、聞け！」

沸いていた会場が、武神の大声で静かになる。

「これより、武闘会覇者であるハルトが望みを伝える！　皆、できる限りその望みを叶えよ」

えっ!?　じ、自分で言う感じですか？

「さぁ、ハルトよ、望みを言え。それからお前はこの国の王となる権利も手に入れているが、それをどうするつもりかも話すがいい」

そう武神に促された。

……仕方ない。腹を括ろう。

俺は自分の言葉が会場中に響くよう、風魔法を発動させた。武神のように大声を出す自信がないからな。

「獣人の皆、盛大な声援ありがとう。今回、俺が武神武闘会で優勝したわけだけど、俺はまだ子供で、国の運営なんてできないと思う。だから、この国の王にはならない」

俺の宣言で、会場から落胆の声が上がる。

「王にはならないけど、俺はこの国の所有権を主張させてもらう。その代価として、今後この国に訪れる災厄は、全て俺が振り払うと約束しよう」

国の所有権が欲しいのは、ベスティエを歩いてて触り心地の良さそうな獣人を見つけたら、モフらせてほしいからだ。もちろん、強要はしない。我ながら無茶苦茶だと思う。でも、ここにいる獣人たちは嬉しそうだった。

「この国の王は引き続き、レオに任せたい。レオ、頼めるか？」

「お任せください」

レオが俺の前に膝をついた。それとほぼ同時に、会場から割れんばかりの歓声が上がる。

やはりレオは、王として国民に慕われていた。今後は魔法も使える獣人が増えることで、ベスティエはますます強国になっていくだろう。なにせ、トップ《国王》が賢者なのだから。

「もうひとつ、みんなに言いたいことがある」

俺の言葉に反応して、再び会場が静まった。

「メルディ。おいで」

「は、はいにゃ！」

メルディが観客席から飛び出して、俺のもとへとやってきた。

「俺は武神武闘会で優勝した褒美として、この国の姫であるメルディを貰っていく。文句がある奴は、今ここに出てこい」

会場は静寂に包まれた。誰も出てこようとはしない。

隣にいるメルディを見る。

顔を真っ赤にして俯いているが、尻尾は真っ直ぐピンと立っていた。

彼女の父であるレオを見ると、彼は満足そうに笑顔で頷いてくれた。

「文句のある奴はいないんだな？」

再度確認する。会場は静かなままだった。

「メルディもいいか？」

「ふ、不束者ですが、よろしくお願いしますにゃ」

メルディも良いみたい。

俺はメルディの肩を抱き寄せた。


「では。メルディを貰っていく」


三度、大きな歓声が会場に響き渡る。

この日一番の歓声かもしれない。


こうして俺は獣人族の姫と、ひとつの国を手に入れた。

番外編　シロの一日

LEVEL 1 NO SAIKYO KENJYA

ハルトたちがベスティエを訪れる、およそ一ヶ月前――

我は神獣、フェンリルだ。今はハルトという人族に名を付けられ、シロと呼ばれている。初めは犬っぽい名だと思っていたが、存外シロと呼ばれるのも悪くないと最近思い始めた。我の真っ白な身体の特徴を表した良い名だ。シンプルだが、悪くない。

我に名を付けたハルトには、ふたりの嫁がいる。ハーフエルフのティナと、エルフの国の姫であったリファだ。そのほかにもハルトは数人の娘たちと共に、巨大な屋敷に住んでいる。

さて、朝だ。我の朝は遅い。今日はたまたま起こされる前に目が覚めた。普段は我が眷属たる、獣人族のメルディが我を起こしに来てくれるまで応接室のふかふかなソファーの上で寝ている。この応接室にあるソファーがハルトの屋敷で一番ふかふかで、我のお気に入りなのだ。そしてメルディという猫系獣人族の娘が、なかなかできた奴なのだ。

起こす時も優しく我に声をかけ、我が目を覚ますまで待っていてくれる。これがハルトだと、我が起きるまでベシベシ叩いてくるのでちょっと嫌だった。優しく起こしてくれるので、メルディが良いと言ったら、我を起こすのはメルディの当番になった。

「シロ様、おはようございますにゃ」

ちょうどメルディが起こしに来てくれた。

「メルディ……。おはよ」

我は朝に弱い。既に日が昇り大分経つようだが、まだまだ微睡《まどろ》んでいたい。

「朝ご飯、できてますにゃ。今日の料理当番はティナですにゃ」

おおっ。今日の朝食はティナが作ったのか！

一気にテンションが上がる。ハルトの屋敷ではティナ、リファ、ヨウコ、マイ、メイ、メルディが日替わりで料理、掃除、洗濯、買い出しなどといった家事を分担して行う。我はティナの手料理が大好きなのだ。だからティナが料理当番の時は嬉しくなる。

メルディやリファの料理も悪くない。マイとメイは、成長してきたな。ヨウコ、お前はたまに焦げた料理をこっそり我に出すのをやめよ。我は神獣フェンリルだぞ。ハルトに焦げてないハンバーグを出して、我に真っ黒になったのを出したことに気付いていないとでも思ったか？

まぁ、ティナ仕込みの作り方なので、焦げていても美味いのだが。

今日は料理当番がティナだというので楽しみだ。メルディの後を付いていく。前を歩くメルディの尻尾がピンと真上に立っている。メルディもティナの料理を楽しみにしているのだ。気付けば我の尻尾も大きく振れていた。

おっと、いかん。これではまるで飼い馴らされた犬ではないか。我ほどにもなると如何にテンションが上がろうと、己の身体を完璧に制御できるのだ。

し、尻尾が止まらぬ……。ティナ、やるではないか。我にここまで手料理を楽しみにさせるとは。ふはははは、光栄に思うが良い。

「シロ様。おはようございます」

「おはよう、ティナ」

いい匂いだ。いつものように、ティナが我専用の台の上に料理を並べてくれていた。我はヒトと同じものを食す。昔は魔物などを食べていたが、ティナの料理を口にしてからというもの、あんなものはもう食べたくなくなった。

ハルトの屋敷では食事の時、用事で居ない者を除いて、全員が揃ってから食事をすることになっている。マイとメイは既に席に着いていた。

ええい、ハルトたちはまだか!?

我の目の前のスープから物凄くいい匂いがするのだ。が、我慢ならん。

しかし、我は誇り高き神獣である。このくらいの誘惑に負けるわけがないのだ。

ちょっとヨダレが出たけど、これは生理現象だから仕方ない。


それから二分ほどして、リファに連れられてハルトがやってきた。

「ハルト、遅いぞ!」

「おはよ、お待たせ。いつもは寝坊助なシロが、今日は早いじゃないか」

そう言いながらハルトが、ガシガシと我の頭を撫でてくる。

「や、やめぬか!」

口では拒絶するが、我は頭を撫でられるのが好きだった。

神獣である我の頭を撫でようとする者など、創造神様かハルトくらいだ。頼めばメルディやティナたちもやってくれるだろうが、撫でてくれと頼むのも、ちょっと我のプライドが……。だから、たまにメルディに、身体のブラッシングを頼む程度にしている。

「あはは、ごめんん。今日も良い毛並みだな」

「ふん。さっさと席に着け、ティナの料理が冷めてしまうわ！」

あぁ、終わってしまった。

も、もっとしてもいいのだぞ？　朝食も、早く食べたいのだが……。

ハルトは、もっと我に構うべきなのだ。神獣である我を、用もないのにたたき起こしたのだから。今度、ハルト以外に誰も居ない時に、もっと我を構うように要請しよう。我にはその権利があるはずだ。


「全員揃ったな。じゃ、いただきます」

「「「いただきます」」」

今日の朝食はサンドイッチとスープだ。どちらも我が食べやすいようにしてくれていて、大変助かる。

スープをひと舐めする。

うまぁぁぁい！　美味い、美味いぞ!!

サンドイッチにも口を付ける。

――んんんっ!?

な、なんでこんなシンプルなモノが、ここまで美味いのだ!?

これはきっと、パンはティナの手作り。そして、調味料など全てに拘っているに違いない！

美味すぎて、食べるのが止まらない。

「シロ。そんなに急いで食べるなよ」

「ヴばぶびぃでふび！（美味すぎて無理！）」

「その状態で喋るんじゃない！　飛んでくるだろうが!!」

くそぅ、ハルトめ。こんなに美味い料理を幼少期から食べていたとは……。ズルいぞ!!

なんでも我が眠っていた山は、ハルトの実家のすぐ側だったというではないか。もっと早く我を起こしてくれれば良かったものを。

そんなことを考えていたら、もうサンドイッチとスープがなくなってしまった。

「もう、ないのか……」

まだまだ食べられる。もっと食べたい。

しかし、現実は残酷だ。

空の器が、虚しく我の前に置かれている。

「シロ様。誰も取りませんから、もっと味わって食べてくださいね」

「！！！」

ティナがそう言って、お代わりを持ってきてくれた。彼女が女神に見えた。

創造神様。今だけ、ティナに媚びへつらうことをお許しください。

「ティナ――いや、ティナ様！　ありがとう!!」

「ふふ、まだまだありますからね」

まだ食べていいのか!?

ちょっと嬉しすぎて涙が出た。

あぁ。我はこの世界に生を受けて、今まで何をしていたのだろう。

確実に人生（狼生？）を無駄にしていた。

世界には、こんなに美味いものがあるのだ……。

我は満足ゆくまで、朝食を食べ続けた。


「なぁ……。シロが今日も、泣きながら飯食ってんだけど」

「ティナが料理当番の時はいつもこんな感じにゃ。ティナの料理が美味しすぎて、涙が止まらないらしいにゃ」

「そ、それは……。そこまで喜んでいただけると逆に恐縮です」


――＊＊＊――

お腹いっぱいになるまで、ティナの作ってくれた朝食を食べた。

幸せだ。

神の呼びかけでもないのに起きてしまって、当初は不安だった。

でも、こうしてティナの手料理を食べられるので、ハルトに起こされて良かったと思う。

ティナに感謝を伝え、ハルトの屋敷を出た。


食後の運動としてイフルス魔法学園の近くにある、鋼の森まで散歩に来た。

これは我の日課だ。

ハルトたちは心配してくれたが、神獣である我を傷つけられる魔物などそうそういるはずがないので、我は普段から一匹で散歩しにきていた。この森にいる魔物は、割とレベルが高く、知能も高い。そのため我の力を察知しているようで、我に襲いかかってくる奴はいなかった。

我が森に入ると、多くの魔物は我の通り道から逃げていく。

だから、我は悠々と森の中を歩く。ちなみに小さい姿のままだ。本来はもっとかっこいい姿なのだが、ハルトの屋敷でずっとこの姿で居るせいか、こっちの方が慣れてしまった。それにこっちの姿の方が、ティナやリファに甘やかしてもらえるからな。


鋼の森の中央までやってきた。

薄暗い森の中で一部だけ陽の光が当たる場所がある。その陽の光の中に、大きな石が台座のように横たわっている。

我はその台座の上に寝転がった。ハルトの屋敷にあるふかふかソファーとは比べるまでもないが、ここはここでなかなか居心地が良い。

陽の光が柔らかく、我をほんのり暖めてくれる。

もともとここは、この森の主であるキングベアという巨大な熊型の魔獣の縄張りだった。三日ほど前、散歩している時に偶然この場所を見つけのだ。


――＊＊＊――


「おぉ、こんな場所があったのか」

「…………」

石の台座上に寝そべるキングベアは当初、我を見て、なんだコイツは？　と言うような表情をした。

我はちょっとだけオーラを解放した。

そしたら何故か、キングベアが場所を譲ってくれたのだ。

決して、脅してこの場所を奪ったわけではない。キングベアが我の尊さに気づき、自らこの場を差し出してくれたのだ。

その後、毎日ここまで来て、昼まで寝るというのが我の散歩の流れになっている。

いつからかキングベアをはじめ、様々な魔物が我のところに、この森で採れる果物や木の実を持ってきてくれるようになった。普段ならそれを食べるのだが、今日はティナの料理をいっぱい食べたので、既におなかいっぱいだ。

「今日はそれは要らぬ。お主らで食べるが良い」

キングベアたちは、我が供え物を気に入らなかったのかと思ったらしく焦りだした。

「あ、いや、今日は既にお腹いっぱいなのだ。別に供物が気に入らなかったのではないから安心せよ」

そう言ってみたが、キングベアや周りの魔獣たちは不安そうだ。

キングベアが我に語りかけてきた。

「……何？　お前たちを食べないのか、だと？　ふふ、ふははは。お前たちは運が良い。我はお前たち魔獣より美味いものを知ってしまったのだ。今更お前たちなど、とって食わん」

その言葉で、魔獣たちは安心したようだ。魔獣たちは自分たちで集めてきた果実などを持って森の奥へと姿を消した。

我はしばし眠ることにした。

――＊＊＊――

「――はっ！　し、しまった、寝過ごした!!」

起きたら昼を過ぎてしまっていた。今日は昼もティナの料理を食べられたはずだ。

な、なんということだ……。

あまりのショックで、目の前が暗くなる。

——ん？

我が寝ている石の台座の上に、木でできたカゴが置いてあった。

「こ、これは!!」

カゴにはおにぎり三つと、こんがり焼けたウインナー数本が入っていた。

すごくいい匂いがする。

「シロ、起きたか？」

カゴを漁っていると後ろから声がした。

森の奥の方からハルトがこっちにやってくる。

「これ、ハルトが？」

「あぁ、ティナが作ってくれたご飯だ。シロが戻ってこないから、持ってきてやったぞ。まだ温かいと思う」

ほう、やはりこれはティナの料理か！

ありがたく食べさせてもらおう。

ティナが作ってくれたご飯は美味かった。

もう少し量があっても良かったが……。

そういえばハルトは森の奥からやってきたが、何か用があったのだろうか？

「ハルト、森の奥で何をしていたのだ？」

「あぁ、ちょっと前に俺の魔法がこの森の一部を燃やしちゃってさ。そこが回復してきたか見てきたんだ」

魔獣たちの会話を聞いていた我は、昨年この森の一部が火事で燃えたというのは知っておった。その火事の直前には多くの魔物が狩られ、森の奥に住む高位の魔獣も何体かやられるという事件もあったという。

あれは、ハルトの仕業だったのか。

まぁ、我は別に魔獣の味方ではないし、幾ら倒されようと知ったことではない。

しかし、自然を壊すのは頂けないな。

我は神獣。この世界を作りし創造神様、その創造物を守る役割もあるからだ。自然も当然、その守護対象だ。

「森は回復していたか？　多少だが我も木々の成長を早める力はあるから、見に行こうか？」

「ありがとな。でも、大丈夫。こいつが手伝ってくれたから」

ハルトが身体をずらすと、そこに白い髭を生やした小さな爺さんがいた。

「お主、ノームか？」

「左様。そちらは神獣フェンリルと見受けられるが……。なんとまぁ、可愛らしい姿になったの」

ハルトが連れてきたのは、土の精霊王ノームだった。ノームとはかなり昔に会ったことがある。

どうやらハルトと召喚契約を済ませたらしい。

ノームが本気を出せば、木々を一瞬で成長させ森を復活させることなど容易いだろう。

ハルトめ、ついに火・水・風・土の精霊王をコンプリートしやがった。

ちなみに我ら神獣と、精霊王たちはこの世界においてほぼ同格だ。だから少し、危機感を募らせる。

「……我の方が先輩だ」

「ん？」

「我の方がハルトの配下になるのは早かったから、我の方が先輩だ。食事なども、先輩である我が優遇されるべきだ。あと、ハルトはもっと我を構うべきだ！」

「な、何を言ってるんだ？」

ハルトがぽかんとしている。

しかし、我にとっては死活問題なのだ。こいつはこれまでに、三人の精霊王と契約している。対して神獣は我一匹なので、勢力的に分が悪い。

今、先に契約した精霊王たちは各地に点在しており、呼びかけがあった時だけ、ハルトのもとにやってくる。しかしウンディーネやシルフなどは、ハルトの側にずっと居たいと言い張っておった。もしそうなった場合、我は新参者なのでハルトが構ってくれなくなるやもしれぬ。

それは困る。

ハルトは精霊王であろうが、神獣であろうが、ただの友のように接してくれる。

だから、ハルトの側は居心地が良い。

このポジションを狙うライバルを増やしたくないので、我はノームを牽制するのだ。

「ほっほっほっ。フェンリルよ、安心せい。確かにハルトの魔力は心地よいが、儂にも仕事があるでな。常にハルトの側にはおれんよ」

ノームは我の心中を察したようだ。

なかなか良い奴ではないか。

「そ、そうか。なれば我が常にハルトの側で、ハルトを守るとしよう」

「そうしていただけますかな、先輩」

「うむ。任せよ」

その後、少しハルトと話して、ノームは森の奥へと去っていった。


――＊＊＊――

ハルトと共に、屋敷まで帰ってきた。ハルトは食事の入っていたカゴをティナに返しに行き、その後ティナと買い物に行くという。我は買い物には興味ないので、ハルトと別れ屋敷でゴロゴロすることにした。

寝る場所を探して屋敷の中を歩き回っていると、中庭でヨウコが昼寝をしていた。今日ヨウコは、家事当番がない日のようだ。中庭の中央には一本の木が植えられていて、その木陰で、ヨウコは木の幹に背を預けて眠っている。

あそこもなかなか良さそうだ。

すぐ側まで来たが、ヨウコはぐっすり眠っているようで起きない。

ふむ、我もここで寝ようかの。

――ん？

魔力を吸われている。魔力の流れを見ると、我から漏れ出た魔力をヨウコが吸収していた。

「そういえば、こやつ九尾狐だったな」

力をつけた九尾狐が暴走すると、この世界では天災の一種として恐れられる。膨大な魔力量と、圧倒的火力、そして、幻影魔法と洗脳魔法。一本の尻尾に溜めた魔力で、国がひとつ滅びると言われている。――それが九本。九尾狐がひとたび暴れ出すと、討伐されない限り、九つの国が滅びるのだ。

討伐するにしても、転移勇者クラスの戦力がなければ太刀打ちできない。また、邪神が不定期に生み出す魔王とは違い、九尾狐はこの世界に定期的に自然発生するので、天災扱いされているのだ。

我も神の指令で一度、九尾狐と戦ったが厄介極まりない敵だった。尽きぬ魔力と、高威力の魔法、果ては我が守るべき人間たちが洗脳され、我に襲いかかってくるのだ。もちろん、戦いは我が勝った。だが、厄介な魔族であることは違いない。

九尾狐を見つけたら、成長する前に討伐してしまうのがこの世界の常識だ。我はすやすやと眠るヨウコを見た。今もこうして周りから魔力を回収し、その尻尾に蓄えている。今、三本目と言ったところか。

膨大な魔力を使うハルトの側に居るせいか、ヨウコの魔力が溜まる速度が早い気がする。通常、九尾狐が完全体になるには千年ほどかかるのだが、今のヨウコの見た目の年齢と、魔力の溜まり具合からすると、あと百年ほどで魔力が溜まってしまうかもしれない。

……今、殺ってしまうか？

我にはこの世界を守る役割がある。

多くの人間を殺し、自然を壊す九尾狐は倒さなくてはならない。

ヨウコに牙をむく。

ふと、ハルトの顔が過ぎった。

なんだかんだで、ハルトはヨウコのことも気にかけている。家族の一員だと、言っておった。もし、ここで我がヨウコを殺せば、ハルトは悲しむかもしれない。我を怒るかもしれない。

「……やめだ、やめ。別に今でなくてもいい。もしコイツが暴走したらその時、我が何とかしてやろう」

我には力がある。何もハルトを悲しませることは無い。いざと言う時、力を貸してやればいいのだ。

そう結論づけた。

「暴走なんかするなよ。ハルトを悲しませないようにするんだぞ」

語りかけてみたが、ヨウコは変わらず眠ったままだ。

なんだか我も眠くなった。胡座をかいて眠るヨウコの足の上に乗る。

「寝やすそうだから、ここで寝るぞ？　いいよな？」

当然だが、返事はない。

まぁ、良いということだろう。

ヨウコの足の間にすっぽり身体が入る。

うむ、なかなか心地よい。

我から漏れ出た魔力は、相変わらずヨウコに吸われている。神獣である我は、身体から無限に魔力が溢れ出てくる。普段は周囲に影響しないよう魔力を絞っているのだが、たまに発散しなくてはなんだか身体がムズムズするのだ。

最近はあまり大きな魔力を使っておらんかったからな。

ちょうどいい。ヨウコに吸ってもらって、発散するとしよう。

我はヨウコの足の間で身体を丸め、眠りについた。

——＊＊＊——

「――ん、んんっ。ふぁあ、よく寝たのじゃ。ん？」

ヨウコが目を覚ますと、その足の間にシロが丸まって寝ていた。

「なんじゃ、シロか。こやつ、いつの間に」

シロがあまり重くなかったから、気づかなかったようだ。

「よく寝ているのじゃ。……仕方ない、もう少し寝かせてやるか」

ヨウコは座ったまま寝ていて、身体が固くなっていたので、伸びをしようとした。

シロを起こさないよう足を動かさず、上半身だけを伸ばす。

「ん？」

ヨウコが自分の身体の異変に気づいた。

その身体は、昼寝を始める前と比べると明らかに成長していたのだ。

「ま、まさか――」

ヨウコが尻尾を確認する。

九本の尻尾全てに、魔力が満ちていた。

寝ている間、神獣であるシロが垂れ流す魔力を無意識に吸い続けてしまったからだ。

「……完全体になったというのに別段、変わりはないのじゃ」

九尾狐は尾に魔力を集め、完全体となることを目的として生きる種族だ。完全体となった後は、その溜めた魔力が尽きるまで暴れる。そんな種族なのだ。

か？」

「不思議じゃ。魔力が溜まった時点で我の意識は無くなると思っておったが……これのおかげ

ヨウコが右手の甲を見る。そこにはハルトと交わした主従契約の魔法陣があった。ヨウコが二百年かけて溜めた貴重な魔力、尻尾二本分。そのうち一本の魔力を費やした結果、ハルトとの間に強固な繋がりを作ることに成功していた。その繋がりが、ヨウコの暴走を防いでいた。

「なんにせよ、これで我も主様の力になれるのじゃ！」

ヨウコは歓喜した。

九尾狐は魔力が溜まるまではあまり強くない。主に洗脳魔法で配下を増やして戦うしかないのだ。

しかし、今のヨウコは違う。少なくとも、炎の騎士数体を相手取って圧倒できるほどの力を手に入れた。

「我が暴走せずに済んだのは、お主のおかげでもあるのかの？」

ヨウコは足の間で眠るシロを優しく撫でた。九尾狐は魔力を吸収する際、周囲の負のオーラも吸収するため心が邪悪に染まる。しかし、ヨウコの尾に溜まっている魔力はハルトの魔力が二本分、シロの魔力が六本分であり、負のオーラを含んだ魔力は尻尾一本分だけであった。これもヨウコが暴走せずにすんだ要因であり、ヨウコも何となくそれに気づいていた。

「シロ、ありがとなのじゃ」

実のところ、シロはある程度魔力を放出したら、閉じて寝るつもりだった。そうでなければ、

九尾狐の成長を早めてしまうからだ。だが、うっかり魔力垂れ流しのまま熟睡してしまい、ヨウコに魔力を吸収され続けた。

結果として、ヨウコが暴走し多くの国を滅ぼすという未来を変えたのだが――

そんなことをヨウコもシロも、知るはずがなかった。


――＊＊＊――


「ふぁぁ」

夕日が眩しくて目が覚めた。

……おぉ、寝すぎてしまった。

「ん？」

自分の身体が何かの間にすっぽり挟まっていることに気づく。

そういえば我は、ヨウコの足の上で寝ておったな。

こんな時間まで、悪いことをした。

そう思い、ヨウコを見上げる。

「――だ、だれだ？」

我は確か、胡座をかいて座っていたヨウコの足の間で寝ていたはずだ。しかし、ヨウコであったはずのその者は、我が見たことない、女性に変わっていた。

「んっ……シロ、ようやく起きたか」

我の声で女性が目を覚まし、話しかけてきた。声はヨウコだった。

どこかヨウコの面影がある。

「ま、まさか……ヨウコか？」

「そうじゃ、おかしな奴じゃの。誰の足の上で寝ておると思っておったのじゃ？」

本当にヨウコだという。

ど、どういうことだ？

――あっ！

我の魔力がだだ漏れだった。どうやらヨウコは我の魔力を吸収し、成長してしまったようだ。

なんてことだ……少し我の魔力の発散に付き合ってもらうはずが、数時間ずっとヨウコに魔力を与え続けてしまっていた。

「ヨ、ヨウコ。魔力の溜まり具合はどんなもんだ？」

我もその気になれば、どの程度魔力が溜まっているか分かる。しかし、怖くて自分で見たくなかった。

「尻尾に溜めてる魔力のことかの？　おかげさまで満タンじゃ！」

「――なっ!?」

ニコニコとヨウコが答えてくれた。

魔力が満タン――つまり、ヨウコは完全体の九尾狐になってしまったという。

我は酷く後悔した。

世界を守るはずの我が、世界を破壊する魔族を完成させてしまったのだから。

さっと、ヨウコから距離を取る。

我がどいたことで、ヨウコは動けるようになり、その身体を伸ばす。我はヨウコの一挙一動に注意を払う。今すぐ暴れだしても不思議ではないのだ。

「んんっ、ちょっと寝すぎてしまったのじゃ。

そう言いながらヨウコが立ち上がった。着ていた着物は、成長したヨウコの身体をカバーしきれず、艶やかな躰が露になる。

「おぉ、身体もだいぶ成長したの。これなら主様を喜ばせられるじゃろう」

ヨウコが自らの身体をチェックする。凄く嬉しそうにはしゃいでいる。

「…………」

おかしい。ヨウコが暴走する気配がない。

我が知っておる九尾狐は、魔力が溜まり、成長しきると自我が無くなり、魔力が尽きるまで破壊を繰り返す。そういう魔族なのだ。

だが、ヨウコは既に完全体になっているにもかかわらず、暴走しない。

ど、どうなっているのだ？

「……ヨウコ、暴走しないのか？」

普通に聞いてしまった。

「うむ。主様と、そなたのおかげだと思う。悪意のない魔力で満たされたせいか、暴れようなどと一切思わん」

「そ、そうか」

そんなことがあるのか？

そういえば九尾狐が発生するのは、戦争などで荒れ果てた国が多い。もしかしたらそういう国で、怒り、悲しみ、憎しみなどと言った負のオーラいっぱいの魔力を吸収することで、九尾狐は凶暴になるのではないだろうか？

改めてヨウコの尻尾を確認する。ハルトの魔力が二本、我の魔力が六本で、残り一本には色んな魔力が混じっていた。

邪悪なオーラは、少ない気がする。

なんということだ。

止められない天災だと思われていた九尾狐は、悪意のない場所で育てれば暴走しないのだ。

神獣である我も知らない、新たな発見であった。

ヨウコを暴走させないことが、ハルトを悲しませないことに繋がる。そうであれば、我が取る行動も決まる。

「ヨウコ、もし尻尾の魔力を使ったなら、我かハルトの魔力を吸え。さすればお前は今後、暴走することは無いだろう」

「分かったのじゃ。我もそれを頼もうと思っておった。暴走なんぞして、主様に迷惑かけたくないからの」

ヨウコも理解しているようだ。

良かった。これで世界から一つ脅威が取り除かれた。


――＊＊＊――


「ヨウコさん、シロ様。夕飯の用意ができましたよ」

ヨウコと中庭で遊んでおったら、ティナが呼びに来てくれた。

「ご要望が多かったので、今日もカレーです。いっぱいありますからね」

「おお！」

なんと、今日は我の大好きなティナのカレーだと言うではないか！

ティナのカレーなら一週間、毎食でも良い。それくらい我はティナのカレーが好きだ。

尻尾が揺れるのを止められん。

ヨウコを見ると九本全ての尻尾が激しく振れていた。

「あら？　ヨウコさん、なんだか成長されました？　その、お着物が……」

ティナがヨウコの異変に気づいた。今のヨウコは、ヒトの男であれば誰もが欲情してしまうような妖艶なナリをしていた。

「うむ、シロのおかげでな」

「そうなんですね。お着物、直さなきゃいけませんね」

「頼めるかの？」

「はい、お任せください」

ヨウコはティナに連れられ、屋敷の方へ向かった。

我はヨウコたちと別れ、夕飯を食べに行くことにした。


――＊＊＊――


ティナのカレーは今日も美味かった。

めっちゃ食べた。

毎回すぐなくなってしまうので、今日はティナが大量のカレーを作っていたようだ。

明日以降も食べられるようにと、多めに作ったらしい。

だが、それが全て無くなった。皆がとんでもない量を食べていた。

我も、もうお腹いっぱいだ。あぁ……幸せ。

今日一日で、何度ハルトの所に来てよかったと思ったことか。

ここを、エルノール家を守らねばならぬ。この幸せ空間を害するものがあるとすれば、我が神獣の名において罰を与えよう。エルノールの屋敷を害する者は、世界に仇なす者に違いない。であれば我が真の力を用いて、その者を排除しても何も問題ないのだ。

「何者にも、ここは奪わせん」

そう呟いて、我はふかふかのソファーで横になり、眠りについた。

ふむ。今日も良い、一日であった。

《了》

あとがき

『レベル1の最強賢者』三巻を手に取っていただき、誠にありがとうございます。

三巻です。三巻が出ました!! 一二三書房様から頂いた献本を自宅の棚に飾っているのですが、現在それが二冊横並びになっております。なんとここに、三冊目が加わるのです!! 三巻の献本が届くのを楽しみにしながら私は今、このあとがきを書いています。

三巻かぁ……。私、頑張ったなぁ。

さて、本書の内容にも少し触れておきましょう。この三巻ではついに、ハルトが攻撃を受けます。一〜二巻ではサブタイトルにもある通り、無限の魔力を利用した攻撃面だけで最強って感じでした。レベル1のステータスで《固定》されているハルトは、防御の面ではどうなのか――というのが、三巻のメインテーマです。ラノベを買う時、あとがきを先に読むって方もいらっしゃるかもしれないので、これ以上のネタバレはやめておきましょう。とりあえず一言で表すなら『ペシッ』です。気になった方は、本書を読んでお確かめください。

それから、本作品はコミカライズされています。ニコニコ漫画などで公開されていますので、是非ご覧ください! 漫画を描いてくださっているのは、かん奈様です。書籍では邪神と、彼の式神のイラストがありませんでしたので、かん奈様にデザインして頂きました。それでですね……。かん奈様が描いてくださった式神ちゃんが、かわいすぎる!! チラッと目が見えるシーンとか、もうね。最高なんです。漫画版を未読の方は何のことか分からないと思うので、こちらもチェックしていただきたいと思います。

　また、七月中旬に、漫画版の単行本第一巻が発売される予定です！　邪神様や式神ちゃん、入学式初日にルナに絡んでいた貴族のナードや取り巻きたちなど、かん奈様オリジナルデザインのキャラがいます。書籍でイラストがあったキャラたちも、かん奈様テイストになっております。その中で私は特に、ティナとヨウコのデザインがお気に入りです。水季様がデザインしてくださったティナが、より色っぽくなっちゃいました‼　漫画版も是非、ご覧ください！何卒、よろしくお願いいたします。

　では、最後に謝辞を。二巻までと同様、この三巻にも素晴らしいイラストを添えてくださった水季様。本当にありがとうございます。口絵のカラーイラストが届いた時、かっこよすぎて少しの間放心しました。続いて、夜遅い時間にメールを送ってくる担当編集様。ちゃんと寝てますか？　担当する作品が増えたようですが、あまり無理しないでくださいね。三巻まで出させていただき、ありがとうございます！　出来れば、その……。四巻とかも、お願いします‼

　それから、書籍を購入してくださった読者の皆様。本作の出版に携わってくださった全ての方に感謝の意を込めて――『呪！　書籍三巻＆漫画版一巻発売‼』

木塚麻弥

コミックポルカ
COMICPOLCA
原作・木塚麻弥 漫画・かん奈
キャラクター原案 水季
レベル1の最強賢者
～呪いで最下級魔法しか使えないけど、
神の勘違いで無限の魔力を手に入れ最強に～
LEVEL 1 NO SAIKYO KENJYA
魔力∞のチート賢者、漫画でも爆誕!!!
コミカライズ単行本1巻
7月中旬発売!!
©Kizuka Maya ©KANNA

仲が悪すぎる幼馴染が、俺が5年以上ハマっているFPSゲームのフレンドだった件について。

著作者:田中ドリル　イラスト: KFR

私がゲームうまくなったら
いっしょに遊んでくれる？

FPSゲームの世界ランク一位である雨川真太郎。そんな彼と一緒にゲームをプレイしている相性バッチリな親友「2N」の正体は、顔を合わせるたびに悪口を言ってくる幼馴染の春名奈月だった。真太郎は意外な彼女の正体に驚きながらも、奈月や真太郎のケツを狙う美青年・ジル、ぶりっ子配信者・ベル子を誘ってゲームの全国大会優勝を目指す。チームの絆を深めていく中で、真太郎と奈月は少しずつ昔のように仲が良くなっていく。

定価：760円（税抜）

BRAVENOVEL
ブレイブ文庫

レベル1の最強賢者 3
～呪いで最下級魔法しか使えないけど、
神の勘違いで無限の魔力を手に入れ最強に～

2020年6月27日　初版第一刷発行

著　者　木塚麻弥

発行人　長谷川　洋

発行・発売　株式会社一二三書房
〒101-0003 東京都千代田区一ツ橋2-4-3
光文恒産ビル
03-3265-1881

印刷所　中央精版印刷株式会社

■作品の感想、ファンレターをお待ちしております。

■本書の不良・交換については、電話またはメールにてご連絡ください。
一二三書房　カスタマー担当　Tel.03-3265-1881
(営業時間：土日祝日・年末年始を除く、10：00～17：00)
メールアドレス：store@hifumi.co.jp

■本書は小説投稿サイト「小説家になろう」(http：//syosetu.com/)に掲載された作品を加筆修正し書籍化したものです。

ISBN 978-4-89199-642-0